AF362686

0,60 centimes. Select-Collection

# ABEL HERMANT

# Les Renards

ROMAN

E. FLAMMARION, Éditeur, 26, rue Racine.

MINISTERE
DE LA
GUERRE
F. F.

# Les Renards

# ŒUVRES D'ABEL HERMANT

### PUBLIÉES PAR LA LIBRAIRIE E. FLAMMARION

COLLECTION IN-18 A 3 FR. 50

## ROMANS

SOUVENIRS DU VICOMTE DE COURPIÈRE.
MONSIEUR DE COURPIÈRE MARIÉ.

## THÉATRE

L'ESBROUFE.

# Les Renards

ROMAN

PARIS

ERNEST FLAMMARION, ÉDITEUR

26, RUE RACINE, 26

# Les Renards

## I

Madame Durand de Lectoure achevait de se parer pour son déjeuner hebdomadaire du vendredi. Et elle s'étonnait de l'heure déjà tardive, de la fuite du temps, de la lenteur de ses gestes, ce matin.

Cependant elle flânait encore : et tout en prenant, sans les regarder, ses bagues dans la coupe de jade, elle considérait d'un œil mélancolique le décor de son cabinet de toilette, les toiles de Jouy violettes, les meubles d'acajou semés d'étoiles d'or, les Victoires de bronze doré sur les panneaux des armoires. Ce décor lui paraissait à la fois superbe et démodé; elle avait le même sentiment de sa propre image, qui, bordée comme un portrait peint par le cadre de la psyché, semblait faire partie de l'ensemble.

Elle se demandait :

— Qu'est-ce donc qui me déplaît aujourd'hui de mes beaux meubles et de moi-même? Qu'est-ce qui me fait bâiller d'ennui et qui me décourage?

Ni sa figure, ni son port (qui avait toujours été majestueux) ne présentaient aucun signe de vieillissement. Elle seule était dans le secret des petites tricheries où il lui fallait recourir pour sauver le blond de ses cheveux, dont l'abondance était du moins sincère : ils pouvaient soutenir un diadème ou servir d'assise à une couronne de ville. Son âge véritable n'était connu de personne et n'était soupçonné que des chronologistes. Les meubles Empire sont encore très haut cotés, et l'on voit même de jeunes mariés, qui s'installent, accueillir ce style avec faveur dans leurs appartements...

Mais, ce matin, tout à l'entour d'elle lui semblait dater, et elle-même ne se sentait plus dans le train. Il n'est point de pire mortification pour une femme, uniquement soucieuse, depuis ses débuts, d'être « en avant ».

L'humanité est devenue si changeante qu'on n'a plus le temps de souffler, si l'on veut marcher avec son siècle. Il faut se renouveler sans cesse; il faut, comme on dit, s'adapter. C'est un plaisir tant qu'on est jeune et souple. M^{me} Durand de Lectoure s'inquiétait, parce qu'elle sentait que ce plaisir était sur le point de devenir une corvée.

Mais elle sentait, d'autre part, l'urgence de s'y résigner une fois de plus. Car elle craignait de s'être fourvoyée, en ces derniers temps, d'être allée « un peu trop loin ».

Sa philosophie de l'histoire était très simple. Elle croyait que l'évolution est un mouvement de va-et-vient : on tire successivement d'un côté, puis du côté opposé, en dépassant chaque fois, un peu, le but; ensuite, on rebrousse. Elle se demandait, avec une véritable angoisse, si elle avait encore assez de jeunesse pour exécuter le demi-tour et pour rebrousser avec grâce.

Mariée à un sénateur, dont le nom presque noble, la fortune importante et les convictions radicales, depuis peu radicales-socialistes, l'avaient séduite, elle n'avait d'abord désiré passionnément que de tenir un salon littéraire.

Tous les grands hommes de lettres étant déjà pourvus de faux ménages, elle osa faire confiance, voilà plus de vingt années, à Olivier Maudru, qui n'était alors que du second rang : elle se fia surtout à elle-même du soin de le pousser à la première place.

Olivier Maudru était un composé bizarre. Le fond de son caractère et de son talent était une violence tout à fait brute, comparable à celle du taureau devant qui le matador agite la capa, et qui fonce : Maudru passait son temps à foncer. Mais c'était aussi un taureau qui avait le nez fin. Comme la loi de son tempérament l'obligeait à s'enthousiasmer sans distinction pour toutes les nouveautés, et que le décadent était la nouveauté de ce temps-là, il était allé à Byzance — bien qu'il fût taillé plutôt pour rester toute sa vie un primitif.

M<sup>me</sup> Durand de Lectoure aurait préféré Renan; mais elle arrivait trop tard. Elle façonna Maudru. Elle obtint un faux Renan, à explosions intermittentes, mais jongleur d'idées et bel artisan de style. Elle déguisa en esprit de salon son atroce ironie de pamphlétaire. Elle en fit, au coin du feu, une sorte de chat, qui ne redevenait tigre qu'aux heures de crises.

A peine, malheureusement, venait-elle d'atteindre ce résultat inespéré, que le monde, en France, fut diverti de la littérature par l'*Affaire*. Il fallait, de toute nécessité, prendre parti. M<sup>me</sup> Durand de Lectoure n'avait pas le choix. Elle portait, elle portait dignement le nom de son mari, de qui elle devait suivre les opinions, et qui devait prendre le mot d'ordre de son groupe. Cette obligation la faillit mettre en conflit avec Maudru, qui donnait dans l'antisémitisme, comme d'ordinaire, sans savoir pourquoi. Elle sut l'amener au sentiment contraire : naturellement il s'emballa, et comme elle était aussi fort exaltée, elle ne le brida pas à temps.

Lorsque l'*Affaire* fut terminée, pour la troisième fois, qui était la bonne, Olivier Maudru ne voulut point rentrer dans sa tour d'ivoire. Il avait pris l'habitude du plein-air, et il continua de battre la campagne, si l'on ose employer cette expression équivoque, d'ailleurs d'autant plus juste. Il devint syndicaliste au point de lasser l'émulation de M<sup>me</sup> Durand de Lectoure, qui croyait pourtant bien l'être aussi, et il se mit à faire chez elle, dans le grand salon où il y a pour quatorze cent mille francs de tapisseries du quinzième, une propagande effrénée en faveur de la grève générale.

Cette propagande était inoffensive, puisqu'elle s'adressait à des dames dont toute l'activité intellectuelle se dépense chez leur modiste, à des messieurs qui n'ont rien à changer de leurs habitudes pour se croiser les bras, et qui ne sont en mesure de paralyser aucune industrie privée ni d'interrompre aucun service public. M<sup>me</sup> Durand de Lectoure, qui n'est point sotte, apercevait bien le caractère platonique de ces discours incendiaires, et elle donnait en toute sûreté de conscience le signal des applaudissements.

Mais la grève des postes (où Maudru n'était pour rien) la troubla de quelques scrupules; celle des chemins de fer l'ébranla; et c'est un soir où l'électricité lui manqua tout à coup, au beau milieu d'un dîner de dix-huit couverts, qu'elle s'avisa que « l'on allait décidément trop loin ». Elle ne douta plus que d'ici à peu, le mouvement mondain ne se dessinât dans le sens d'une réaction.

Olivier Maudru, dont la nature n'est pas d'y voir clair, ne semblait nullement se rendre compte de cette tendance prochaine des gens comme il faut. Son aveuglement ajoutait encore à la mélancolie et au découragement de M<sup>me</sup> Durand de Lectoure. Elle ne voulait pas croire toutefois qu'il n'y eût plus rien à tirer de son vieil ami, et elle avait ourdi un ingénieux stratagème pour le ramener maintenant aux chères études, à la littérature de tout repos.

Elle lui avait insinué que le théâtre est aussi une tribune, et il avait broché dans le mois cinq actes enragés, qui ne laissaient point, par bonheur, d'être jouables. Il mourait d'envie que sa pièce fût jouée, tout en criant que les directeurs sont trop bêtes. M<sup>me</sup> Durand de Lectoure en demeura d'accord, mais fit une exception pour le directeur de l'Odéon, qui l'a été jadis du Théâtre-Libre.

Puis elle désigna, pour le principal rôle, une artiste du second Théâtre-Français, M<sup>lle</sup> Valentin, qui n'était pas encore fort célèbre par son talent, mais qui l'était par la décence de sa tenue, et par sa liaison discrète avec Gerbaud, ministre des finances.

Ce Gerbaud était fort en vue dans le monde politique, sans être le plus en vue. Ce n'était pas le premier Consul, après qui soupirent même des républicains de vieille roche, mais c'était comme qui dirait le second. Il se recommandait par une faculté d'adaptation que lui enviait M<sup>me</sup> Durand de Lectoure; il s'efforçait notamment d'adapter l'impôt sur le revenu, et de réduire le monstre aux proportions d'une tarasque.

La liaison de Gerbaud et de M<sup>lle</sup> Valentin aurait semblé providentielle à M<sup>me</sup> Durand de Lectoure si M<sup>me</sup> Durand de Lectoure pouvait croire à la Providence. Elle les avait du moins invités tous deux à déjeuner. Le choix de ses convives avait toujours un je ne sais quoi d'original, de même que sa cuisine, recherchée le plus souvent jusqu'à n'être plus comestible.

Mais la réunion de Gerbaud, de M<sup>lle</sup> Valentin et de Maudru ne lui avait pas encore paru assez pittoresque, et elle avait invité de surcroît M. l'abbé Sauvage, parce que Gerbaud affiche un programme agressif de laïcité — qu'il ne demanderait pas mieux que d'adapter aussi, dans la pratique.

Elle savait que la rencontre ne gênerait point M. l'abbé Sauvage, qui fréquente assez volontiers les mécréants, et qui met une sorte de malice à les convertir. Il a, de plus, infiniment d'esprit, qui lui permet de penser ce qu'il veut, et même de le dire, sans se faire traiter de franc-maçon par ses ouailles.

M<sup>me</sup> Durand de Lectoure n'eut qu'à rêver un moment à M. l'abbé Sauvage, et sa mélancolie se dissipa. Elle adressa un sourire d'intelligence à sa psyché, qui ne manqua pas de le lui rendre, et elle se dit, usant d'une locution militaire, « qu'elle était un peu là ».

M. Durand de Lectoure, son mari, fit bruyamment irruption dans le cabinet de toilette.

## II

M. Durand de Lectoure fit irruption dans le cabinet de toilette. Il tenait à la main un journal.

M. Durand de Lectoure, bel homme, n'était pas un mari aveugle. Il était même avisé. Il ne pouvait pas ignorer l'amitié de sa femme et de Maudru; mais il ne méconnaissait pas le prestige qu'une telle amitié fait rejaillir jusque sur la personne d'un époux. Il en profitait sans scrupule : il était puissamment riche, l'autre n'avait qu'une petite fortune de garçon; l'erreur de Madame ne procurait donc à Monsieur d'autres avantages que les plus impalpables et les plus spirituels.

Mais M. Durand de Lectoure n'était pas non plus un mari complaisant. Il tenait à sauver les apparences et sa dignité. Une mauvaise humeur, qui lui était naturelle, le servait en cette circonstance admirablement. Il faisait des avanies à sa femme, dès qu'il y avait là quelqu'un pour le voir et pour l'entendre : dans le privé, il l'aimait comme un bon bourgeois, et M<sup>me</sup> Durand de Lectoure le lui rendait bien. Il faisait, pour la galerie, de continuelles allusions à la situation irré-

gulière du ménage et à la personne qui y était de trop. Il disait que les femmes d'aujourd'hui commencent la fête à l'âge où celles d'autrefois rédigeaient leurs mémoires. Sachant que M<sup>me</sup> Durand de Lectoure était soucieuse avant tout de passer pour une grande dame, il condescendait à lui dire « vous » devant les domestiques, mais il la tutoyait devant les étrangers; et quand il ne l'appelait pas « ma femme », il l'appelait « Clémence », qui est son vrai nom, mais qu'elle déteste.

Il avait des façons moins inoffensives de brimer Olivier Maudru. Il coupait la parole à ce causeur, et lui disait, au début d'une période : « Vous n'arriverez jamais au bout », au beau milieu d'une histoire piquante : « C'est un peu long. » Il lui servait avec profusion à manger et à boire, surveillait l'assiette et le verre d'un œil impitoyable, et ne souffrait jamais que Maudru y laissât rien. Si, malgré tout, Maudru achevait son discours ou son récit, dès qu'il fermait la bouche, c'est M. Durand de Lectoure qui tirait les conclusions. Un mot lui suffisait :

— Oh ! vous, disait-il avec un mépris écrasant et comme la pire des injures, vous êtes un intellectuel !

Il le disait aussi pour se rassurer soi-même, car il voulait croire que les intellectuels ont des corps glorieux, et qu'un mari n'a rien à craindre de positif quand l'ami de la maison est un intellectuel.

M. Durand de Lectoure tenait à la main un journal tout froissé. Il le brandit sous le nez de M<sup>me</sup> Durand de Lectoure et cria :

— Je te fais mes compliments ! Maudru est bien élevé ! Il a du tact !

— Quoi? fit-elle. Je n'ai pas lu les journaux. Tu sais bien que le vendredi, je n'ai jamais le temps de les lire.

— Ce monsieur a cru devoir écrire... à la ronde... une lettre... où il taxe d'attrapenigaud le projet... le projet mitigé... d'impôt sur le revenu, que vient de concevoir notre ami Gerbaud... Il qualifie Gerbaud lui-même de détrousseur des prolétaires et de plat valet des classes moyennes.

— Oh !... fit M<sup>me</sup> Durand de Lectoure.

Les deux époux se regardèrent, également consternés. Sans en avoir l'air, ils étaient ordinairement du même avis.

— Tu devrais lui dire...

— Est-ce qu'il m'écoute?

— Pas assez, répliqua M. Durand de Lectoure avec une intention aimable.

Il reprit :

— Nous voilà propres ! Chacun est libre de ses opinions ; mais Olivier aurait bien pu attendre à demain pour publier la sienne, et ne pas traiter Gerbaud de détrousseur et de valet, le jour même où il déjeune avec ce ministre chez moi.

M<sup>me</sup> Durand de Lectoure s'était déjà ressaisie. Elle repoussa le journal que son mari lui tendait et ne voulut même pas jeter les yeux sur la fatale lettre.

— En y réfléchissant, dit-elle, cela n'a pas une bien grande importance. Nous ne sommes pas responsables de Maudru. Il est trop clair que nous n'avons pas collaboré à sa prose, aujourd'hui. Gerbaud est un véritable homme du monde, du moins depuis quelque temps : il saura se tenir en face de son insulteur. Maudru a beaucoup moins d'usage. Je ne l'ai pas averti que nous invitions Gerbaud. Il se trouvera, à l'improviste, dans une position ridicule, et ne saura quelle contenance prendre. Ce sera sa juste punition.

— Ah ! ah ! fit en se frottant les mains M. Durand de Lectoure, que cette perspective réjouissait.

Les deux époux se regardèrent encore, et cette fois ils sourirent, comme deux augures.

— Cette bête d'histoire, reprit M<sup>me</sup> Durand de Lectoure, ajoutera un assaisonnement à notre déjeuner, qui n'était déjà pas mal. Tu sais que nous avons, outre Gerbaud et M<sup>lle</sup> Valentin, l'abbé Sauvage ?

— Oui, oui, dit M. Durand de Lectoure. Au fait, as-tu songé que c'est vendredi ? Il doit faire maigre, ce curé !

— Naturellement, j'y ai songé, dit Clémence, et j'ai fait, comme c'est l'usage, double service.

— J'espère bien, dit le sénateur, que personne n'aura le mauvais goût de toucher aux viandes. D'ailleurs, je donnerai l'exemple.

— Je n'ose compter que Maudru le suive. (Elle soupira.) Mais un homme du monde comme Gerbaud saura ce qu'il doit faire. Au besoin, M<sup>lle</sup> Valentin, de l'Odéon, le lui soufflerait.

L'idée qu'un membre du cabinet ferait maigre, par bienséance, chez un leader du radicalisme, divertit fort Monsieur et Madame, qui ne se contentèrent plus de sourire, mais allaient rire franchement, quand le bruit d'un meuble renversé à l'étage supérieur leur fit lever les yeux vers le plafond.

— A propos, s'écria Durand de Lectoure, soudain transporté de fureur, autre chose Tu ne sais pas ce que je viens d'apprendre. par le concierge ? Il paraît que Louloute va donner aussi des déjeuners hebdomadaires ! Elle a choisi ton vendredi, c'est charmant ! Le premier est aujourd'hui.

Louloute était leur fille unique, et leur désespoir. Elle s'appelait en réalité Catherine, et bien que toute licence soit donnée à la fantaisie pour forger les diminutifs, il est surprenant que de Catherine on ait pu faire Louloute. Les Durand de Lectoure, qui n'admettaient aucune espèce de préjugés, avaient élevé et gâté leur fille en conséquence. M<sup>me</sup> Durand avait pensé la rendre bien heureuse en lui donnant des bijoux de femme à six ans, en lui permettant de lire n'importe quoi, et en exigeant que les familiers de la maison parlassent carrément devant elle de tout ce qui ne regarde pas les jeunes personnes. Ils étaient tombés de leur haut lorsque cette éducation singulière avait commencé de produire ses fruits.

Catherine, ou Louloute, était foncièrement honnête. Elle avait le respect du mariage civil. Elle en avait même la manie ; si bien qu'à vingt-quatre ans, elle s'était déjà mariée trois fois. Ses parents, qui lui avaient cédé, lors de son premier mariage, la moitié de leur hôtel, étaient extrêmement gênés, ne fût-ce que pour les domestiques, de changer de gendre à tout bout de champ. Après le troisième, ou pour mieux dire pendant, Louloute s'éprit d'un certain Duval, qui était marié de son côté. La femme de ce Duval ne voulut rien savoir pour divorcer. Louloute changea aussitôt de doctrine, renia le mariage, et se mit à vivre en libre grâce avec Duval, toujours dans l'hôtel. Les Durand de Lectoure — qui n'ont pas de préjugés — n'entendirent point raillerie sur ce chapitre et se brouillèrent avec leur fille ; mais ils ne purent l'expulser. L'on ne se saluait plus quand on se rencontrait, et l'on se jouait réciproquement de vilains tours. La dernière invention de Catherine était d'autant plus fâcheuse, que cette bonne pièce, pour narguer ses père et mère, s'était liée depuis peu avec tous les chefs de la réaction ; et le sénateur radical-socialiste redoutait des carambolages, à l'heure du déjeuner, dans l'escalier ou dans le vestibule.

Il advint bien pis que cela. Tandis que M<sup>me</sup> Durand de Lectoure suffoquait, indignée de cette nouvelle rosserie de Louloute, un valet de pied annonça qu'il y avait déjà quelqu'un au salon. Elle y courut, suivie de son mari, et ils se trouvèrent en présence de M. le baron Trévoux, président de l'extrême-droite monarchiste, et syndicaliste chrétien, qui s'était trompé d'étage. Le baron, rien qu'à les voir, s'aperçut de sa méprise. Il s'en excusa de son mieux, ce qui n'était point commode à faire sans ironie ou sans impolitesse. Mais le baron a la manière, et M^me Durand de Lectoure, qui ne perd jamais le nord, le pria de revenir une autre fois exprès, maintenant qu'il savait le chemin. Durand le reconduisit jusqu'à l'antichambre en l'appelant son cher collègue. L'abbé Sauvage arriva au même instant.

— Ce n'est pas ici, lui dit naïvement le baron, qui connaît l'abbé Sauvage qui l'a naguère converti (Trévoux est d'origine juive).

— Venez, venez, monsieur l'abbé, dit M^me Durand de Lectoure.

Elle était bien aise que ce chrétien, qui n'allait déjeuner là-haut qu'avec des antisémites, vît qu'elle recevait à sa table un prêtre en tenue.

### III

A quel moment doit arriver l'ami de la maison, quand on reçoit? Ni le premier, car il ne doit pas avoir l'air d'être chez lui, ni, encore moins, le dernier : il aurait l'air d'en prendre à son aise ou de dissimuler. Olivier Maudru, pour trancher la difficulté, arrivait toujours si formidablement en retard, que cela ne s'appelle même plus « se faire attendre », et qu'on ne l'attendait ordinairement point. A une heure vingt ou à neuf dix (selon qu'il s'agissait de déjeuner ou de dîner), M. Durand de Lectoure disait :

— Comme d'habitude, nous allons nous mettre à table sans Maudru.

Il ne le dit point cette fois, à la requête de sa femme qui lui faisait des yeux de loin. Jamais pourtant M^me Durand de Lectoure n'avait pesté davantage, intérieurement, contre l'inexactitude de Maudru, qu'elle trouvait désobligeante pour ses hôtes de marque, et qui avait l'inconvénient de les retenir au salon où l'on gelait. M. Durand de Lectoure s'était toujours refusé à installer dans l'hôtel le chauffage central, non par économie, mais par misonéisme, et les calorifères à basse pression lui inspiraient la même répugnance que les chemins de fer, jadis, à M. Thiers. Il y avait dans le salon pour quatorze cent mille francs de tapisseries du quinzième, mais il n'y avait qu'une cheminée à l'ancienne mode, immense, où brûlaient des bûches démesurées : l'on ne pouvait s'en approcher sans rôtir, ni s'en éloigner, si peu que ce fût, sans grelotter brusquement. Ce manque de transition entre les températures extrêmes est un phénomène inexplicable.

Après avoir tâté successivement de l'un et de l'autre supplice, les invités de M. et M^me Durand de Lectoure, M. et M^me Durand de Lectoure eux-mêmes avaient opté pour celui du feu; et ils se serraient autour du vaste foyer, comme les cochers en station, l'hiver, autour des braseros. M. l'abbé Sauvage était assis juste en face, et se laissait cuire avec la résignation d'un chrétien qui a lieu de croire qu'il aura frais dans l'autre vie. M. et M^me Durand de Lectoure occupaient les deux coins. M^lle Valentin, de l'Odéon, avait pris place sur un tabouret de duchesse, tout contre la bergère de M^me Durand de Lectoure, et s'appuyait d'une épaule au manteau même de la cheminée. Gerbaud se tenait debout et offrait son dos à la flamme. Il se demandait avec inquiétude s'il pourrait, sans jeter un cri réflexe, se rasseoir tout à l'heure sur les pans de sa redingote, qui présentement flottaient derrière lui et lui servaient de garde-feu.

La conversation eût été morne sans M. l'abbé Sauvage, qui ferait scrupule de se taire quand on l'a prié pour entendre le son de sa voix. Il n'est pas naturellement bavard, mais il veut payer son écot. Il n'oublie pas non plus qu'on l'invite à titre de prêtre : il parle de n'importe quoi, mais en prêtre, et il use d'un style de sacristie. Les gens qui ne sont point fort éveillés ont besoin d'un peu de temps pour apercevoir qu'il hasarde des idées neuves; parfois même il frise le paradoxe — sans jamais accrocher l'orthodoxie. Il s'en tenait pour le moment aux banalités, et il discourait sur les inondations avec une abondance appropriée à un tel sujet. Le sénateur et son épouse, le ministre, l'actrice de l'Odéon l'écoutaient comme au catéchisme. Les Français ne sont pas très profondément religieux, et ils sont anticléricaux par tradition; mais leur anticléricalisme a des inconséquences bien amusantes : les mangeurs de prêtres, et qui n'en peuvent rencontrer dans la rue sans imiter le cri du corbeau, s'intimident dès qu'un ecclésiastique en soutane leur adresse la parole; et ceux qui font métier de laïciser les hôpitaux pleurent de tendresse, quand M. le président de la République décore une sœur.

Cependant M<sup>me</sup> Durand de Lectoure observait M<sup>lle</sup> Valentin et Gerbaud, tout en recueillant d'une oreille attentive et en laissant échapper par l'autre ce que M. l'abbé Sauvage débitait. L'idylle, si discrète, du ministre des finances et de la comédienne, la touchait infiniment. L'attitude mélancolique de M<sup>lle</sup> Valentin lui rappelait Françoise de Rimini, qu'elle ne connaissait d'ailleurs que par des documents iconographiques dépourvus d'authenticité. Elle admirait la finesse et l'esprit de Gerbaud, bien qu'il n'ouvrît pas la bouche : mais il n'y a pas que les diplomates qui gagnent à être jugés sur leurs réticences, et nous croyons volontiers que les mots sont comme l'or, dont le prix est en raison inverse de la production. Ce qui la frappait le plus était la métamorphose de cet homme nouveau, hier encore mal tourné et inélégant, devenu, d'un coup de baguette, irréprochable, sans que l'on pût voir précisément ce qu'il avait de changé sur lui. Il portait les mêmes cravates et les mêmes redingotes, qui étaient seulement tout à fait bien, après avoir été extrêmement mal.

— C'est elle, se disait M<sup>me</sup> Durand de Lectoure en regardant M<sup>lle</sup> Valentin d'un œil d'envie, c'est elle qui a aisément accompli ce miracle ! Je n'ai pas si bien réussi avec Maudru...

Et elle songeait comme son Maudru s'habillait mal — et qu'il n'arrivait toujours pas.

M. Durand de Lectoure pensait également à l'ami de la maison, tout en buvant sans les entendre, si l'on peut dire, les paroles de l'abbé Sauvage. Il s'était bien promis de ne pas souffler mot de la fatale lettre; mais son irritation grandissait à mesure que le retard de Maudru devenait plus scandaleux, et il sentait de plus en plus qu'il ne pourrait jamais se tenir. Lorsque le malappris parut enfin, avec cette hâte rechignée et cet air de mauvaise humeur des gens qui sont dans leur tort, il lui cria d'une voix furieuse, en guise de bonjour :

— Ce n'est pas malheureux ! Vous faisiez encore de la correspondance?

L'abbé se leva aussitôt, comme pour intervenir et pour absoudre.

— C'est encore une lettre que vous écriviez? répéta Durand de Lectoure, qui a coutume de redoubler ses gaffes.

— Madame est servie, annonça le maître d'hôtel.

Maudru avait déjà oublié sa prose, parue dans les feuilles de ce matin, mais rédigée depuis trois jours. Il ne comprit pas la malice du sénateur.

— Je n'écrivais pas une lettre, dit-il, mais un article, et qui va faire du tapage. Figurez-vous que j'ai découvert cette nuit...

Il s'interrompit pour saluer l'abbé Sauvage, qu'il n'avait point d'abord avisé, ni personne, en faisant son entrée dans le salon. Il lui marqua de la déférence, tout en affectant un laisser-aller de langage dix-huitième siècle.

— Tiens, l'abbé ! fit-il.

— Allons manger, répéta M. Durand de Lectoure.

— Laissez-moi d'abord, dit M<sup>me</sup> Durand de Lectoure, présenter notre ami à sa future interprète.

Maudru poussa un « oh ! » de ravissement, saisit les deux mains de l'artiste, et lui témoigna une bienveillance toute paternelle; puis il lui balbutia une sorte de compliment dont le tour était aussi dix-huitième siècle et dont la galanterie osée choqua M<sup>me</sup> Durand de Lectoure. Clémence n'était point jalouse, mais elle comparait la réserve du ministre, qui avait des droits sur M<sup>lle</sup> Valentin, à cette familiarité de Maudru, qui n'en avait pas.

— Allons manger, répéta M. Durand de Lectoure. Il n'est que temps.

A ce moment, Olivier Maudru, qui tenait toujours emprisonnées dans les siennes les mains de sa future interprète, avisa le ministre, et parut aussi ravi de le voir qu'il l'avait été précédemment de voir M<sup>lle</sup> Valentin. Il lâcha les mains de cette dernière pour saisir celles de Gerbaud.

— Mon cher ministre !... dit-il.

L'abbé, changeant de numéro, se trouva près d'eux à point nommé, et il fit une manière de geste professionnel pour bénir leur réconciliation.

M<sup>me</sup> Durand de Lectoure mit fin à cette scène touchante en prenant le bras de l'abbé, après s'être excusée d'une œillade de ne prendre point celui de Gerbaud. Durand conduisit M<sup>lle</sup> Valentin, et Maudru, par plaisanterie, offrit son bras au ministre des finances.

— Qu'avez-vous découvert cette nuit? dit

Gerbaud en chemin, pour dire quelque chose.

— Ah! oui, dit Maudru.

Et soudain, transporté, il s'écria :

— Un chef-d'œuvre! J'ai découvert un chef-d'œuvre!

— Encore? ne put s'empêcher de dire Mme Durand de Lectoure.

Car la manie d'Olivier Maudru était de découvrir des chefs-d'œuvre tous les huit jours, et de les lancer. Elle expliqua cette particularité à l'abbé Sauvage, et lui demanda s'il croyait qu'on fait encore des chefs-d'œuvre. L'abbé, qui ne voulait froisser personne, s'en tira par une citation.

— Quel temps, dit-il, fut jamais si fertile en miracles?

— Et ce chef-d'œuvre est d'une femme, naturellement? dit le sénateur.

Le maître d'hôtel présentait à Mlle Valentin une carpe à la juive.

— Nous avons un déjeuner maigre, dit gracieusement Mme Durand de Lectoure à l'abbé, qui se confondit.

— Ce chef-d'œuvre est d'une femme, dit Maudru.

— Il y a des côtelettes pour vous, lui dit le sénateur, d'un ton de souverain mépris.


IV


Clémence avait accoutumé de diriger la conversation sans y prendre une part active, comme les généraux conduisent une bataille. Elle n'était pas dépourvue d'esprit; mais elle n'en faisait aucun usage par principe, et elle se contentait d'amorcer. Née bourgeoise, elle se faisait un monstre de cette besogne, qui n'est point si délicate ni si accablante qu'elle imaginait. Elle se méfiait aussi des *fantasias* de M. Durand de Lectoure, qui la gênait parfois dans ses opérations, comme les francs-tireurs gênent les corps réguliers.

Un entretien sur la littérature des dames ne lui parut d'abord point dangereux; mais elle s'avisa que le chef-d'œuvre de femme découvert cette nuit par Maudru allait remémorer à ses convives un autre chef-d'œuvre de femme produit le mois dernier, où il se rencontre des détails qui peuvent offenser l'oreille d'un prêtre : entre autres, l'aventure d'une religieuse qui oublie le plus indispensable de ses vœux. Elle tenta de prévenir l'accident, mais en vain : on parla de ce livre, ce fut l'abbé Sauvage qui en parla! Cette circonstance étonna Mme Durand de Lectoure sans la rassurer. Pour comble, Durand, qui se piquait de lire et tenait à faire ses preuves, dit, bien à propos :

— Il y a là dedans une religieuse qui...

— Oh! si discrètement! balbutia Clémence. Cela est indiqué si discrètement!

L'abbé renchérit sur elle :

— Si habilement! dit-il. C'est même ce que je me permettrai de reprocher à l'auteur. On m'avait recommandé cet ouvrage pour sa naïveté : je crois bien y avoir aperçu de la littérature.

— Cette dame la connaît dans les coins! cria M. Durand de Lectoure.

— J'allais le dire, fit poliment l'abbé Sauvage (qui jamais n'eût hasardé une telle expression). Je regrette, ajouta-t-il, que l'éditeur ait corrigé les fautes d'orthographe. Cette couturière écrit d'ailleurs fort bien le français, presque aussi bien que les femmes du monde qui s'en mêlent.

— Pensez-vous, dit le sénateur, que l'on doive les admettre à l'Académie?

Clémence eût préféré que son mari ne posât point cette question-là. Elle craignait une incartade de Maudru, qui ne se sent pas académisable, et a pris en conséquence le parti de rugir dès que le nom de l'Académie française est seulement prononcé devant lui. Or, Mme Durand de Lectoure méditait de transformer son salon révolutionnaire en salon académique : elle souhaitait donc que son ami changeât d'attitude et s'abstînt désormais d'invectiver contre l'illustre Compagnie. Heureusement, M. l'abbé Sauvage dit à Maudru tout d'un coup :

— C'est vous qui devriez en être! Pourquoi n'en êtes-vous pas?

Les fauves eux-mêmes ne sont pas insensibles à cette sorte de compliment. Maudru fit la mine d'un enfant sage qui reçoit un prix. Mme Durand de Lectoure voulut tirer une phrase à Gerbaud, qui continuait de ne se manifester que par son silence. Elle lui demanda s'il décorerait des femmes de lettres en janvier. Le ministre des finances lui répondit finement que cela regarde plus ordinairement son collègue de l'instruction publique, et quelquefois, par exception, celui du commerce. A ce moment, le maître d'hôtel présenta les côtelettes, et Maudru lui-même déclara qu'il n'y toucherait point, alléguant qu'il s'était bourré d'une espèce de ragoût vieux-turc; mais Clémence vit bien qu'il se privait par déférence pour l'abbé Sauvage. Elle lui en sut gré; et elle s'ingéra soudain de tourner la matière de l'entretien sur la religion, pour faire honneur à cet ecclésiastique séduisant qui était le roi de sa fête. Deux sujets, sans plus, lui parurent abordables : la politique du pape et l'âge de la première communion; mais elle désespéra de trouver une transition assez ingénieuse pour les amener sur le tapis.

Cela n'était point si difficile : Maudru est un littérateur furieux, mais c'est aussi un rat de bibliothèque; il a de l'érudition; et comme tout le passionne, même ce qui ne l'intéresse point, il a appris assez de théologie pour en remontrer à tous les curés du monde. M<sup>me</sup> Durand de Lectoure se souvint à propos de cette particularité. Elle la dit à l'oreille de l'abbé, bien haut, pour être entendue de toute la table. Il se fit aussitôt un grand silence. L'abbé refusa d'abord de se mesurer avec le laïc, et assura modestement qu'il n'était pas de force. Maudru, qui aime assez de se faire valoir, en fut quitte pour pérorer tout seul; et comme il avait besoin de soutenir une thèse bien définie pour montrer ce qu'il savait, il choisit justement ce sujet de la première communion, qui est dans l'air, comme on dit. Il prouva, par des citations d'une précision étourdissante, de saint Thomas d'Aquin et de bien d'autres, que le pape est dans la vraie tradition de l'Eglise, et que l'âge de la première communion doit être fixé à six ou sept ans, si ce c'est à quatre ou cinq.

Dès qu'il termina son discours, ce fut, tout autour de la table, un véritable concert de louanges à l'adresse de Sa Sainteté. Gerbaud lui-même, que son anticléricalisme n'empêche point d'admirer ce qui est admirable, témoigna hautement sa vénération pour le Souverain Pontife qui a restauré la hiérarchie et décapité l'hydre du modernisme.

— Pourquoi, fit Durand de Lectoure, pourquoi veut-on absolument que le successeur d'un pape grand politique soit réduit à n'être qu'un grand saint?

M<sup>lle</sup> Valentin, de l'Odéon, pleura d'attendrissement à la pensée des petits enfants de sept ans qui vont recevoir leur Dieu. Jamais on ne dit autant de bien d'un pape à la table d'un sénateur radical-socialiste. C'est

au point que M<sup>me</sup> Durand de Lectoure se demandait avec angoisse ce qu'il resterait à dire à l'abbé Sauvage, quand les autres lui permettraient de prendre la parole.

Elle fut tranquillisée bien vite : il trouva moyen de parler du Saint-Père avec plus de piété encore, naturellement, et plus de respect. Ce respect était nuancé de tristesse, mais la forme était irréprochable. Il glissa d'ailleurs sur les questions de personnes, et reprit, pour la détruire, la thèse de Maudru, relativement à l'âge de la communion. Il démontra, avec le même luxe de citations (malgré son ignorance prétendue), que les auteurs invoqués par le pape dans le décret *Quam Singulari*, et par Maudru dans son apologie de ce décret, disaient exactement le contraire de ce que leur faisaient dire Maudru et le pape. Il signala, en passant, les effets pittoresques de l'infaillibilité papale, qui est restreinte aux articles de foi, de sorte que Sa Sainteté peut, au cours du même document, se tromper sur tous les points qui ne touchent pas au dogme, tout en ne se trompant pas sur le reste, encore que les deux éléments se combinent intimement et forment un tout, en apparence, indivisible. Pour terminer, comme le préopinant et les auditeurs, par une note émue, il s'attendrit sur la docilité exemplaire de l'Eglise de France, qui a fixé avec allégresse l'âge de la première communion à sept ans tout en le maintenant à douze, et qui a su témoigner au Saint-Père une filiale soumission, sans rien faire de ce qu'il prescrit.

M<sup>me</sup> Durand de Lectoure était émerveillée. Mais il fallut, sur ces entrefaites, retourner au salon, le déjeuner étant achevé; et comme la cheminée fumait, Gerbaud se rappela qu'il ne pouvait manquer la séance de la Chambre, et M<sup>lle</sup> Valentin qu'elle répétait à l'Odéon. Maudru, qui avait une course à faire de ce côté-là, lui proposa de l'accompagner. Ce fut une débandade presque soudaine, et M<sup>me</sup> Durand de Lectoure se trouva tête-à-tête avec l'abbé.

Le jour tombait déjà. Elle eut un sentiment de mélancolie, et à la fois de réconfort, dû sans doute à la bienfaisante présence de ce prêtre. Elle lui demanda machinalement pourquoi il avait refusé du café. Il répondit avec embarras qu'il n'en pouvait prendre deux fois, à cause de son tempérament nerveux, et il dit après un petit temps, en rougissant :

— Madame votre fille m'a invité à venir prendre le café chez elle...

Mme Durand de Lectoure se sentit encore plus réconfortée, et ne douta point que l'abbé Sauvage ne fût désigné par la Providence pour apporter un remède aux ennuis de toutes sortes que Louloute lui occasionnait. Elle ne balança pas de confier à ce digne homme que la situation irrégulière de sa fille la mortifiait horriblement. Il lui repartit que les trois précédents mariages, purement civils, ne valaient ni plus ni moins aux yeux de l'Eglise. Mais il sentit la nécessité de dire à cette mère éplorée une bonne parole, et il lui affirma que tout cela ne serait pas arrivé si Louloute avait fait sa première communion à sept ans.

— Hélas ! dit Mme Durand de Lectoure, elle ne l'a pas faite non plus à douze ans... Elle n'est même pas baptisée.

L'abbé jeta un cri douloureux.

— J'y vais ! dit-il en se levant brusquement.

Mme Durand interloquée se demanda s'il y allait pour prendre le café, ou pour administrer sans retard à Louloute le sacrement essentiel qui lui manquait.


V


Bien que M. l'abbé Sauvage en ait vu de toutes les couleurs, il ne se risquait pas chez Louloute sans une certaine appréhension ; d'autant que, tout en gravissant l'escalier, il entendait à l'étage supérieur des hurlements qui lui donnaient lieu de croire que l'on s'y assassinât.

C'était bien cela, ou à peu près.

Deux jeunes chefs royalistes, qui étaient parfaitement d'accord sur la doctrine, mais qui différaient sur les procédés de la restauration, soutenaient chacun sa thèse avec feu.

L'un des deux voulait remettre le Prince sur Son trône sans Lui demander Sa permission ; et l'autre n'arrivait pas à se fourrer dans la tête que la désobéissance et les pieds de nez soient les meilleurs témoignages de dévouement et de respect que l'on puisse donner à un prétendant.

Le plus modéré était bègue, et l'énergumène, dont la volubilité passait toute imagination, venait d'assener à son frère d'ar-

mes une douzaine d'épithètes où, malgré la crise du français et l'affaiblissement de la valeur des mots, il était impossible de ne pas reconnaître les plus grossières des injures.

Un ancien membre de la Commune, qui marche aujourd'hui avec ceux qu'il blaguait hier, essaya de mettre le holà, et lança un de ces brocards qui faisaient pâmer Compiègne avant de renverser l'Empire. Mais les plaisanteries qui semblaient les plus acérées avant la guerre n'ont même plus, à présent, une vertu lénitive, et la tentative conciliante de cet homme d'esprit passa inaperçue.

Ce qui acheva de gâter les choses fut l'intervention d'un ci-devant officier d'artillerie, qui, après avoir profité, puis pâti de l'affaire Dreyfus et longtemps oscillé entre l'antisémitisme et son contraire, s'est décidé à prendre sa retraite pour dire au moins ce qu'il en pense.

Il se fit insulter grièvement pour s'être mêlé de ce qui ne le regardait pas. L'énergumène, à bout d'arguments, tira son revolver pour le montrer, et le braqua dans la direction de la porte, au moment juste que M. l'abbé Sauvage était introduit. L'abbé fit un petit mouvement de recul.

Mais pas une des personnes présentes ne parut seulement prendre garde à son entrée. Il en fut mortifié. Il venait de déjeuner chez un sénateur radical-socialiste, avec un ministre de la République, et tous deux l'avaient comblé de prévenances : il ne trouvait point logique de recevoir un moindre accueil chez des gens qui ne croyaient sans doute à rien, mais qui étaient cléricaux par politique.

Cependant, une réconciliation venait de s'opérer soudain et sans aucun motif, entre le modéré et l'énergumène. Le charivari n'était point pour cela interrompu. Le modéré, pénétré d'émotion, trouvait ses mots encore plus difficilement ; mais l'énergumène, mis en joie, faisait des farces d'atelier, que personne ne trouvait drôle et dont tout le monde pouffait.

L'ancien héros de la Commune essayait encore de placer quelques nouvelles à la main. L'ancien officier, qui désespérait de se faire entendre, même en criant comme sur le terrain de manœuvres, avait versé dans un grand verre un peu de fine champagne, qu'il agitait en la reniflant, apparemment pour signifier par ce geste que le flair est la qualité essentielle des artilleurs, soit en activité de service ou dans la position de réserve.

Lorsqu'un de nos sens est trop sollicité, les autres cessent momentanément de remplir leur fonction. L'ouïe de M. l'abbé Sauvage était l'objet de telles violences que sa faculté de voir s'abolissait. Il n'avait d'abord prêté aucune attention à la figure des acteurs ni au décor de la scène. Mais il se blasa, à la longue, d'être assourdi, et il recouvra la disposition de sa vue.

Comme l'on continuait de le négliger en dépit de la civilité puérile et honnête, il profita de son isolement pour mettre en pratique l'aptitude qu'il avait à l'observation : il remarqua une analogie, et, si l'on peut dire, une harmonie, entre l'incohérence des idées et des discours, l'air hétéroclite des personnages et la bizarrerie du cadre.

Sans doute, l'hôtel Durand de Lectoure était venu d'un seul jet, et le deuxième étage, habité par Catherine (Louloute), n'était pas moins de style que le premier, habité par ses parents. Il s'y voyait une agréable salade de tout ce que les architectes et décorateurs français ont inventé depuis environ le quatorzième siècle, jusqu'à nos jours où ils n'inventent plus rien, avec on ne sait quoi d'espagnol, et même de sud-américain. Mais des bibelots, dont la forme était inquiétante, l'origine problématique et la destination indéfinissable, encombraient les guéridons et les étagères; des toiles, qui semblaient échappées du Salon d'automne, étaient accrochées au beau milieu des tapisseries, masquant à demi les divinités galantes et les bêtes symboliques.

Cette disparate s'explique aisément par la psychologie de Louloute. Non moins soucieuse que ses père et mère d'être « en avant », elle avait, dès l'époque de ses trois maris, protégé des artistes, et naturellement elle ne choisissait pas ceux qui sont vieux et « en arrière ». Mais elle n'était devenue tout de bon collectionneuse que du jour qu'elle avait fait la connaissance de ce Duval, avec qui elle vivait maintenant en libre grâce.

Ce Duval, qui avait du génie, ne s'en était pas aperçu du premier coup. Il avait longtemps douté de soi, comme tous les grands artistes; et il avait eu des raisons d'autant plus fortes d'en douter qu'il ne pratiquait aucun art, et même qu'il n'exerçait aucun métier. Mais, un beau jour qu'il n'avait rien de mieux à faire, il s'était mis à faire des pots,

et il avait eu la surprise d'obtenir des effets véritablement magiques, en appliquant l'émail au petit bonheur et en faisant cuire va-comme-je-te-pousse. De même, des gens qui n'ont jamais appris à dessiner, peuvent, en aspergeant d'encre une feuille de papier blanc, et en la repliant pour étaler leurs pâtés tout frais, obtenir des dessins qui ne le cèdent pas à ceux de Victor Hugo.

Duval s'admirait fort, mais Catherine l'admirait encore davantage. Elle n'hésita pas une minute à lui acheter tous ses pots et à quitter son troisième mari. Elle usurpa même le nom de Duval, malgré l'opposition de la vraie M<sup>me</sup> Duval qui se refusait au divorce : elle y accola seulement le « Lectoure » de sa famille, et s'intitula désormais Catherine Duval de Lectoure, au lieu de Durand. Duval jugea qu'il y avait assez de céramique dans l'hôtel Durand et s'adonna, sans transition, à la peinture.

Il avait remarqué que l'on y peut réussir très bien sans savoir aucunement dessiner ni peindre, pourvu que l'on ait une « vision à soi ». La sienne consistait en une déformation de la perspective, qui lui faisait voir l'épaule gauche de ses sujets invariablement plus haute que la droite, de même la hanche et le genou. Mais cette vision de travers n'aurait pas suffi à lui assurer une originalité par le temps qui court. Il y ajoutait l'insolence de se prétendre classique et, si « en avant » qu'il fût, réactionnaire. Il se piquait de renouer avec la grande tradition en faisant des bonnes femmes et des bonshommes tortus, et il se comparait modestement à M. Ingres.

L'abbé Sauvage, qui, en peinture, a des idées un peu vieux jeu, mais fort saines, considérait avec une sorte de désespoir ces étranges productions, quand Louloute daigna enfin apercevoir qu'il était là et vint à lui avec empressement.

Elle portait en guise de robe une pièce d'étoffe drapée, et qui permettait de juger qu'elle ne ressemblait point aux modèles ordinaires de Duval : car elle était fort régulièrement bâtie. Mais elle n'était point faite pour le costume à l'antique, ayant le genre de beauté d'une cigarière ou d'une danseuse bohémienne.

Elle dit à l'abbé gracieusement, à tue-tête (autour d'eux, on criait toujours) :

— Eh bien !... Vous venez de déjeuner chez le vieux forban?

Elle désignait ainsi son vénéré père.

## VI

Jamais encore l'abbé Sauvage n'avait ouï une jeune femme de la meilleure société appeler son père « vieux forban ». Cette locution le scandalisa, mais ne le découragea point : au contraire. Il songea qu'il était en pays de missions, puisque M^me (ou M^lle) Catherine (Louloute) Durand (ou Duval) de Lectoure n'avait pas reçu le baptême, et il s'efforça d'abord de définir — la « mission » justement qui lui incombait. Il en eut tout le loisir; car Louloute, aussitôt après cette explosion de piété filiale, se détourna, pour prendre part à une controverse sur le point de savoir s'il convient de ne jouer que de la musique italienne à l'Opéra-Comique et à l'Opéra.

Cette question, qui paraît simple, devenait compliquée dans le salon Durand-Duval. Toutes les personnes présentes haïssaient les métèques et leur musique; elles sympathisaient naturellement avec les musiciens « en avant » de l'école française; mais elles proscrivaient cette école tout entière, parce que l'un de nos jeunes maîtres a un cousin qui a fait un mariage mixte. L'ancien membre de la Commune pensa mettre tout le monde d'accord en répétant des plaisanteries d'il y a quarante ans. sur Wagner dont il ne s'agissait pas une minute.

L'abbé Sauvage, doué du pouvoir de s'abstraire, continuait de « définir sa mission », malgré le bruit. Il compta que les sacrements dont il devait munir l'infidèle étaient au nombre de trois, savoir : le baptême, l'eucharistie et le mariage. Le baptême était le plus urgent, mais n'inquiétait pas M. l'abbé Sauvage, qui devinait bien que Louloute y viendrait d'elle-même, pour faire enrager le « vieux forban » et son épouse (elle ne soupçonnait pas leurs velléités réactionnaires, et il n'était point si sot de les lui révéler). En revanche, un peu de diplomatie était nécessaire pour amener au mariage religieux cette maniaque du mariage civil. L'abbé n'espérait point, ni même ne souhaitait point de la marier avec un de ses trois maris; encore moins avec ce Duval, que les Durand ne pouvaient particulièrement pas sentir. Il s'avisa soudain que Louloute devait épouser le ministre Gerbaud, et que ce serait double profit pour la morale : car Gerbaud quitterait alors M^lle Va-

lentin et n'attristerait plus notre sainte mère l'Eglise par l'irrégularité de ses mœurs. Cependant l'abbé, qui est l'indulgence même, se demanda bonnement à qui caser cette aimable M^lle Valentin : il trouva qu'elle allait comme un gant à Maudru (qu'on peut sacrifier sans remords, car si celui-là se convertit jamais !...) Cette substitution de Maudru à Gerbaud, dans les bonnes grâces de la comédienne, offrait l'avantage supplémentaire de brouiller le même Maudru avec M^me Durand de Lectoure, qui recommencerait donc à vivre avec M. Durand de Lectoure dans les termes où l'Eglise veut qu'une femme vive avec son mari; en sorte que tout serait pour le mieux dans le meilleur des mondes.

M. l'abbé Sauvage demeura ébaubi d'avoir pu ourdir en un clin d'œil une combinaison, qui d'ailleurs lui paraissait absurde. Le miracle n'était pas si grand qu'il croyait : tout ce roman n'était que le produit de l'association des idées, et il s'était borné à mettre ensemble (si l'on ose employer cette expression), en battant un peu les cartes, les divers personnages qu'il avait rencontrés depuis midi. Mais, justement parce que la combinaison lui semblait absurde, et qu'il n'en pouvait attribuer la paternité à son entendement, il l'imputa à la Providence, dont les imbroglios sont pleins de fantaisie, et dont un prêtre doit servir les desseins sans se permettre de les critiquer. Comme il a le génie classique, il pensa que, dès l'instant de son entrée dans le salon, la pièce s'était nouée, qu'elle trottait déjà vers le dénouement, et qu'il en jouait présentement avec Catherine la première scène, où ils devaient procéder l'un et l'autre par discours alternés, un peu longs, solidement argumentés, soigneusement composés, comme dans les tragédies de Racine. Son interlocutrice pérorait toujours sur la musique italienne et la française : il prépara tranquillement sa réplique de début, où il comptait, après avoir relevé le mot fâcheux de Louloute (vieux forban), signaler le relâchement de la famille bourgeoise, résumer ce qui s'était dit au déjeuner Durand, ensuite glisser une allusion au charme personnel de Gerbaud, et terminer par un tableau des agréments de la famille chrétienne, en mêlant, pour flatter le goût mondain, un peu de la couleur de Greuze à celle de l'Evangile.

Mais ces procédés de dialogue sont impraticables, même tête-à-tête avec Louloute, et à plus forte raison quand elle est entourée de ses amis, dont les idées sont contradictoires et les propos inconséquents. L'abbé plaça un mot dès qu'il put, mais il n'en plaça point deux. A peine eut-il articulé le nom de Durand, toute l'assistance fit une clameur de haro, et l'on dit, sur les parents de Louloute, des choses qui ne pouvaient point effaroucher la fille puisqu'elle les traitait elle-même de « forbans », mais qui étaient gênantes à entendre pour un étranger qui venait de déjeuner chez eux. L'émotion vint au point que l'énergumène de tout à l'heure tira encore son revolver, sans savoir précisément pourquoi; mais l'abbé en fut bien aise, parce que cet incident changea la conversation. L'énergumène déclara lui-même qu'on abuse aujourd'hui des armes à feu, singulièrement dans l'extrême jeunesse, et tout le monde se mit d'accord que c'est la faute de l'école sans Dieu. Bien que ce saint nom fût prononcé, l'abbé se sentit plus loin que jamais du baptême, de la première communion et du mariage religieux de Catherine.

Deux jeunes esthètes continuaient de se chamailler dans un coin, à propos de la musique italienne, d'où ils passèrent à l'Italie en général; et au voyage qu'on dit que l'empereur d'Autriche y fera pendant l'exposition, qui serait une insulte pour le pape. L'abbé crut pouvoir resservir sans inconvénient sa petite homélie malicieuse sur le Souverain Pontife et le décret *Quam singulari*, qui avait fait merveille au premier étage : elle ne fit point le même effet au second, où les auditeurs étaient plus ombrageux. Pour se rattraper, il protesta qu'il ne savait rien de plus beau que le mandement de Nosseigneurs les évêques qui interdisent à leurs ouailles la lecture des journaux républicains. M. le baron Trévoux, président de l'extrême-droite monarchiste et syndicaliste chrétien, lui repartit avec douceur que cela est beau en effet, mais que c'est peut-être une bêtise. « Mon Dieu ! se disait l'abbé Sauvage déconcerté, que pensent donc au juste ces gens-là, et comment s'y reconnaître? »

Sur ces entrefaites, il arriva encore un peintre, pour le thé. Cet artiste ne dit bonjour à personne, mais il dit à brûle-pourpoint que l'on doit jouer les pièces de Molière dans des décors à la russe. Catherine assura du tac au tac que l'alliance est fichue, et se mit à raconter tout ce qui s'est passé à Potsdam entre les deux empereurs, comme si elle y

avait été pour l'entendre. Le baron Trévoux déplora que la République française n'eût pas de politique extérieure, comme l'on devait au reste s'y attendre d'une république; mais il fit un éloge à fond du ministre des affaires étrangères. L'abbé n'essaya pas de comprendre, mais présuma qu'il pouvait risquer aussi l'éloge du ministre des finances. Cette fois, il ne s'était pas trompé, et tous ces opposants chantèrent les louanges de Gerbaud, comme les anticléricaux d'en bas avaient chanté celles du pape. Seulement, l'abbé Sauvage eut l'imprudence de vanter le projet mitigé d'impôt sur le revenu, qui était la grande pensée de Gerbaud, et incontinent toute l'assemblée cria que ce projet était un attrape-nigaud et le ministre un valet de la bourgeoisie. « C'est à ne plus savoir sur quel pied danser ! » se dit l'abbé Sauvage, un peu étonné lui-même de risquer cette métaphore.

Il lâcha la partie et s'esquiva. Il était assez mortifié de n'avoir obtenu aucun résultat, mais surtout il avait un grand mal de tête, et comme une courbature de l'intelligence, à la suite des tiraillements que lui avait fait subir cette conversation abracadabrante. Il voulut marcher un peu, et il passa à son église avant de rentrer chez lui. Il fit bien, car une de ses pénitentes l'y attendait; elle ne venait point se confesser elle-même : elle amenait au tribunal de la pénitence sa petite fille, âgée de quatre ans. L'abbé en fut charmé. Il sentit que le parfum de cette innocence l'allait guérir de sa migraine, mieux qu'une promenade au grand air. Il s'empressa de prendre place dans sa loge, cependant que la maman installait l'enfant dans la loge latérale, tout debout, pour que le visage de la jeune pécheresse fût à la hauteur du judas.

Il ouvrit le volet et murmura, de sa voix la plus insinuante :

— Dites *Notre Père*...

Il ne reçut aucune réponse. Il attendit quelques instants et répéta :

— Dites *Notre Père*...

L'enfant ne soufflait mot. Il mit son visage tout contre le judas et répéta de nouveau, avec un peu d'impatience :

— Dites *Notre Père* !

Alors il vit un tout petit doigt tendu qui passait à travers la grille, et il entendit une toute petite voix qui disait :

— Oh !... Je vois tes yeux !

## VII

M<sup>lle</sup> Valentin (de l'Odéon), qui est une artiste avant tout, n'avait point trouvé extraordinaire qu'Olivier Maudru, son futur auteur, lui proposât sans cérémonie de la conduire à sa répétition; et Gerbaud, qui est homme politique, et sait mieux que personne en cette qualité ce qu'on est obligé trop souvent de sacrifier aux intérêts de carrière, avait aussi trouvé cette offre de Maudru toute naturelle. Ce fut d'ailleurs la comédienne qui conduisit l'auteur, car elle a une voiture au mois.

Dès qu'ils furent assis côte à côte dans le landaulet-limousine, ils remarquèrent tous les deux, sans toutefois se le communiquer, qu'ils s'entendaient ensemble joliment bien. Cette réflexion était d'autant plus inattendue que leur connaissance datait d'à peine deux heures, et qu'ils n'avaient pas échangé quatre mots depuis qu'ils étaient seuls. Mais il se conçoit qu'une actrice ait plus d'affinités avec un homme de lettres qu'avec un ministre des finances, et que l'homme de lettres en ait aussi davantage avec elle qu'avec la femme d'un sénateur, même qui tient salon. La première réflexion de Maudru lui en suggéra une seconde, c'est que M<sup>me</sup> Durand de Lectoure lui voudrait certainement faire lire, en présence de son mari, du ministre et de quelques autres raseurs, la fameuse pièce que M<sup>lle</sup> Valentin devait créer, et qu'il eût aimé beaucoup mieux la lire à M<sup>lle</sup> Valentin toute seule, chez elle ou chez lui, sans le raconter à personne.

Maudru est un impulsif : c'est même à ce défaut qu'il doit sa fougue et le caractère de son talent. Il n'hésita pas de saisir les deux mains de la comédienne et lui déclara qu'il avait à lui demander quelque chose à quoi il tenait passionnément. M<sup>lle</sup> Valentin, qui est une artiste avant tout, l'engagea modestement à lui demander tout ce qu'il voudrait.

Il répondit :

— Je ne vous lirai pas ma pièce dans le salon de M<sup>me</sup> Durand de Lectoure ! (Et sa façon d'articuler ce nom chéri était déjà une manière de trahison.) A aucun prix je ne vous la lirai dans le salon de M<sup>me</sup> Durand !... Comme ce serait gentil, ajouta-t-il, en donnant à sa voix, furieuse ordinairement, dès intonations caressantes et presque puériles,

si vous vouliez bien venir l'entendre chez moi, ou plutôt si vous me permettiez de vous la faire entendre chez vous ! Car, chez moi, je risque toujours d'être pincé...

M<sup>lle</sup> Valentin s'engagea formellement et sans marchandage à trouver un bon prétexte pour décliner l'invitation de M<sup>me</sup> Durand de Lectoure, si cette dame la priait à venir entendre la pièce, comme il était probable, d'ici à une huitaine.

Sur ce, l'auto fit halte. Maudru espéra qu'il s'agissait d'une panne, mais on était devant la porte de l'Odéon. Il n'est plus possible de pousser les intrigues en voiture : la traction mécanique ne permet que des épisodes fort brefs et des hors-d'œuvre. Les adieux furent si précipités que Maudru se demandait avec angoisse s'il avait bien fait comprendre son désir à M<sup>lle</sup> Valentin et si elle lui avait répondu bien positivement. Mais M<sup>lle</sup> Valentin n'est pas de ces femmes à qui l'on a besoin de répéter les choses deux fois; quand elle reçut le bulletin de M<sup>me</sup> Durand, pour lecture, elle écrivit qu'elle avait hâte de connaître son rôle, mais qu'elle se faisait aussi un point d'honneur de l'accepter les yeux fermés et chat en poche, et qu'elle n'écouterait pas une ligne de la pièce avant la lecture officielle aux artistes.

M<sup>me</sup> Durand de Lectoure, qui s'y connaît en fait de délicatesses féminines, apprécia celle-ci. Elle en fut, de plus, flattée : car elle prend pour elle tous les honneurs que l'on rend à Maudru. Elle entreprit de lui expliquer le raffinement de M<sup>lle</sup> Valentin, comme à un homme grossier qui n'était point capable de le sentir. Mais il l'appréciait aussi, pour d'autres motifs qu'elle ne soupçonnait point. Il courut voir M<sup>lle</sup> Valentin à l'issue de sa répétition, et voulut même l'attendre dehors, afin que cela fût plus collégien. Cette fois, il lui fit la conduite à pied : elle demeurait rue de Tournon; et ils prirent rendez-vous pour le mardi suivant.

Jusqu'au lundi, Maudru fut dans les transes, vu que, pour lire une pièce, il en faut avoir le manuscrit, et ce manuscrit, chose à peine croyable, M<sup>me</sup> Durand de Lectoure le détenait ! Il ne savait comment faire pour remettre la main dessus, quand il s'avisa, en désespoir de cause, de le réclamer à son amie sous couleur de le faire copier. Clémence lui répondit que M. Durand de Lectoure payait une dactylographe au mois pour ne faire à peu près rien, et que cette personne pouvait bien copier cinq actes. Maudru ne trouva d'autre moyen de s'en tirer qu'un accès de colère.

— Vous voulez donc nous couvrir de ridicule? cria-t-il, sans spécifier ce qu'il y aurait de ridicule, puisque personne ne le saurait.

A force de grossièretés, il obtint son manuscrit de M^me Durand de Lectoure tremblante, et il l'emporta sous son bras, disant qu'il viendrait déjeuner demain comme d'habitude, justement parce qu'il avait l'intention de ne le point faire.

Il s'amusa infiniment de déjeuner chez Foyot, comme le jour lointain qu'il avait passé son baccalauréat. « On m'attend là-bas, se disait-il en regardant tourner les aiguilles sur le cadran de l'horloge, Durand tempête et leur déjeuner ne sera pas mangeable. » A deux heures moins cinq, il ne fit qu'un saut chez M^lle Valentin qui l'attendait à deux heures. Il fut enchanté d'avoir à monter cinq étages; il se sentit en confiance et tout à fait à son aise quand la porte lui fut ouverte, non par un valet de chambre gourmé, mais par une petite bonne accorte, vraie soubrette du répertoire. Le salon, bourgeois et suranné, lui plut; le plafond était un peu bas, mais les deux fenêtres donnaient sur de magnifiques jardins. Lorsque M^lle Valentin, après ne l'avoir pas fait attendre plus de deux minutes, entra, avenante et déférante, il l'appela « ma chère enfant », et il songea que l'on a plus d'agrément à être paternel avec les femmes qu'à être petit garçon devant elles, comme il était ordinairement devant M^me Durand de Lectoure.

Il perdit cependant un peu de cette paternité quand il eut ouvert son manuscrit : un auditeur, même respectueux, est toujours un juge; et dès qu'il eut lancé la première réplique, il n'éprouva plus aucune sorte de sentiment, mais fut tout absorbé dans la tâche de lire. M^lle Valentin était, d'autre part, consternée : elle écoutait avec la meilleure volonté d'entendre, mais il lisait si mal qu'elle ne pouvait attraper au vol un seul mot. Comme elle avait négligé de s'enquérir si son rôle était comique, tragique ou les deux, elle ne savait pas où il fallait rire, ni même s'il ne convenait pas plutôt de mêler quelques clameurs d'épouvante aux cris d'admiration.

Vers le milieu du premier acte, un curieux phénomène se produisit : elle se mit presque subitement à entendre tout ce que débitait Maudru, mais elle n'avança rien, car elle ne se mit pas en même temps à le comprendre. Enfin, au troisième acte, elle ne le comprit pas davantage, mais elle le sentit extrêmement et put faire alterner à propos, par action réflexe, les crises de larmes et les crises d'hilarité.

Puis Maudru ferma son cinquième cahier et regarda, avec accablement, M^lle Valentin, qui le regarda de même, comme s'il venait d'arriver un accident. Au fait, il était bien arrivé une catastrophe : celle de la pièce, qui se terminait par un meurtre et un suicide. Après s'être considérés avec accablement, ils s'embrassèrent, comme on a coutume de faire après les répétitions générales; et après s'être embrassés, ils sentirent que c'était entre eux à la vie, à la mort.

M^lle Valentin eut enfin la force de murmurer :

— C'est beau.

Maudru observa que ce petit mot en dit bien plus que tous les superlatifs dont abuse la critique contemporaine. Il répondit simplement :

— Oui.

— C'est une œuvre, ajouta M^lle Valentin.

Et Maudru observa encore que « chef-d'œuvre » en aurait dit moins.

A ce moment, le timbre résonna dans l'antichambre, et en même temps un grelot de sonnette à l'ancienne mode retentit tout le long d'un corridor qui devait aboutir à la cuisine. Ils n'y prirent garde ni l'un ni l'autre, non plus qu'au bruit de la porte du palier, que la petite bonne ouvrit et referma. Mais ils tressaillirent tous deux quand ils reconnurent la voix de M^me Durand de Lectoure, qui demandait :

— Est-ce que M^lle Valentin est chez elle? Est-ce qu'elle reçoit?


## VIII


Les habiles demeurent d'accord que le théâtre est un art de convention, mais ils ne savent point pourquoi : c'est le dialogue qui est toujours faux. Un acteur est obligé d'exprimer à la lettre ce qu'il sent et ce qu'il pense; autrement, les spectateurs n'y comprendraient rien. Molière, qui est un homme de théâtre, nous enseigne que, pour déclarer à une belle marquise que ses beaux yeux nous font mourir d'amour, le mieux est de lui dire tout uniment : « Belle marquise, vos beaux yeux me font mourir d'amour. » Sans doute ; mais, dans la vie, jamais l'on ne parle de cette façon-là, et les phrases que l'on fait n'ont absolument aucun rapport avec les pensées ni avec les sentiments qu'elles traduisent.

Lorsque Maudru entendit la voix de M^me Durand de Lectoure dans l'antichambre, il se reprit à sentir comme un collégien, M^lle Valentin également : il eut la frousse et un grand désir de s'esquiver sans demander son reste, elle trembla que son vieux camarade ne fût tancé et fourré en retenue. La situation leur parut humiliante. Ils se révoltèrent. « Je suis, sacrebleu ! bien libre d'aller où il me plaît, à mon âge ! » se dit Maudru. « Je suis indépendante, se dit M^lle Valentin, et j'ai bien le droit de recevoir l'un des maîtres de la littérature contemporaine sans la permission de sa maîtresse ! » Mais elle ne prononça, à voix haute, que cette phrase, inattendue :

— Je parie que vous aviez monté à pied ? Vous allez prendre l'ascenseur pour redescendre.

— Vous avez un ascenseur ! répondit Maudru d'un ton de reproche.

Cette commodité moderne lui semblait jurer fâcheusement avec les grâces surannées de la maison. Mais il eut le plaisir de constater que l'appartement était distribué à rebours du sens commun, ainsi que le devait souhaiter un amateur des anciens usages ; car il s'y égara, visita, par une indiscrétion bien involontaire, le cabinet de toilette de M^lle Valentin, qui communiquait à la salle à manger et ne communiquait point à sa chambre ; il évita ainsi de faire carambolage avec M^me Durand de Lectoure, se trouva, Dieu sait comme, sur le palier, pénétra dans l'ascenseur, dont la petite bonne souriante lui tenait la porte ouverte ; elle poussa le bouton, et cet appareil se mit à descendre avec une si majestueuse lenteur que Maudru se crut encore au grand siècle.

Cependant, M^me Durand de Lectoure entrait dans le salon avec la gaucherie d'un libre penseur très bien élevé qui entre dans une église, qui craint de manquer d'usage, et qui est décidé à tout pour ne pas choquer la croyance d'autrui, même à faire un petit signe de tête au Saint-Sacrement. La pauvre dame était affreusement gênée. Elle n'a aucun préjugé, en théorie, mais il faut tenir compte de l'hérédité. Clémence ressemble beaucoup à sa mère, qui a naturellement vécu sous le second empire, en un temps où les divisions de la société étaient rigoureuses, et où les personnes du demi-monde se voyaient même exclues de l'enceinte du pesage, à Longchamp. Un jour que les Durand donnaient en leur hôtel une soirée littéraire et artistique, cette mère avait rangé précipitamment sa jupe afin de n'être point frôlée par une grande artiste qui venait de déclamer *Sur trois marches de marbre rose*, et que Durand avait autorisée sans façon à venir ensuite boire un verre d'orangeade parmi les invités. Clémence avait trouvé ce geste ridicule, et elle eût été bien mortifiée si un observateur du cœur humain lui eût révélé qu'elle partageait les idées de sa mère. Lorsqu'elle avait prié à déjeuner M^lle Valentin, elle l'avait fait de bon cœur, mais elle avait pensé faire quelque chose d'héroïque. Encore peut-on recevoir chez soi ces personnes ; mais y aller ! N'est-ce point passer les bornes ? Voilà pourtant à quoi est exposée une femme du monde, qui a une liaison avec un homme de lettres qui aspire à la gloire du théâtre ! Mais M^me Durand de Lectoure était prête aux plus pénibles sacrifices pour faire arriver Maudru.

Car elle ne doutait point qu'elle fît cette démarche pour servir Maudru. Le plaisant est qu'il n'y avait pas un mot de vrai. Elle mentait à sa conscience, d'ailleurs innocemment. Elle n'était amenée chez M^lle Valentin que par la pensée de Gerbaud. Depuis l'autre vendredi, elle n'avait pas cessé pour ainsi dire une minute de songer au ministre des finances avec une douceur mélancolique. Elle regrettait qu'il ne fût pas l'un de ses intimes, et que, selon toute apparence, il ne le dût pas devenir avant la chute du cabinet : on met difficilement la main sur ces messieurs ; ils sont si occupés ! M^me Durand se consolait en songeant qu'elle verrait M^lle Valentin tous les jours quand on répéterait la pièce de Maudru. Elle parlait de Gerbaud à tous venants, mais elle était obligée de le faire avec réserve, et cette contrainte la chagrinait. Il lui semblait qu'avec M^lle Valentin elle en pourrait parler plus à cœur ouvert. Malheureusement, elle ne devait pas de visite à M^lle Valentin ; c'est même, en comptant bien, M^lle Valentin qui lui en devait une ; mais, justement, les femmes du monde peuvent-elles compter avec les comédiennes ? D'autant que les comédiennes travaillent ! « J'irai chez elle sans cérémonie, » s'était dit M^me Durand de Lectoure, et je lui crierai en entrant : « C'est moi, ma petite, je viens vous faire la visite de digestion que vous me devez. »

Elle était si troublée qu'elle omit cette heureuse réplique de début ; mais elle crut devoir s'extasier sur le caractère étonnant de la maison, la faible hauteur des plafonds (qu'il est si agréable de pouvoir toucher de la main), et le mobilier, en harmonie avec le reste. M^lle Valentin voulut à son tour lui faire plaisir et pensa naïvement que le meilleur moyen était de lui parler de Maudru. Elle commença de lui poser en bon ordre les questions les plus circonstanciées sur l'humeur du grand écrivain, ses habitudes intimes et ses procédés de travail, comme un reporter consciencieux qui fait une interview. M^me Durand de Lectoure, en ce moment, ne pensait pas plus à Maudru que s'il n'eût jamais existé, et ne désirait point que l'on lui rappelât qu'il existait. « De quoi se mêle cette artiste ? se dit-elle. Est-ce pour me faire sentir que nous avons toutes deux un ami ? » Pour rendre à M^lle Valentin sa politesse, et surtout pour lui rabaisser le caquet, M^me Durand de Lectoure se mit alors à l'interviewer sur le compte de Gerbaud, ainsi que M^lle Valentin l'interviewait sur le compte de Maudru ; et longtemps elles papotèrent de leurs amants respectifs, du même ton que les femmes plus petites bourgeoises s'entretiennent de leurs tracas de ménage et des ennuis que leur causent leurs cuisinières.

Mais Clémence ne pouvait parler de Gerbaud sans s'attendrir. Elle déclara soudain, d'une voix altérée, que le ministre lui avait paru fatigué l'autre jour. M^lle Valentin repartit en soupirant que ses nerfs de ministre étaient mis à une rude épreuve par les soins du pouvoir, et surtout par la crainte continuelle de le perdre. M^me Durand de Lectoure se récria, et affirma que la majorité du cabinet était aussi stable qu'énorme. M^lle Valentin soupira encore et lui fit remarquer que les ministres en exercice avaient contre eux tous les députés ou sénateurs qui n'étaient point ministres, ce qui faisait dans les deux Chambres une majorité antiministérielle véritablement écrasante. Puis elle lui confia que le radical-socialiste Gerbier des Joncs était l'adversaire que Gerbaud redoutait le plus. Gerbier des Joncs, qui a été successivement de tous les partis, depuis l'extrême-droite,

avant de s'arrêter (il fallait bien) à l'extrême-gauche, a conservé les meilleures relations sur tous les bancs. Il a depuis quinze ans accepté tous les portefeuilles sans jamais en fin de compte les obtenir, de sorte qu'il en veut à tous les ministres, et même aux sous-secrétaires d'État. Il est, de plus, doublé d'une femme bas-bleu et ambitieuse, qui passe le temps à se lécher le bout du doigt et à le dresser en l'air pour savoir d'où vient le vent.

— M^me Gerbier des Joncs est une de mes amies intimes, dit M^me Durand de Lectoure, et j'allais précisément lui faire visite en sortant d'ici.

— C'est une excellente idée, répondit M^lle Valentin, qui ajouta machinalement : — « Je parie que vous aviez monté à pied ? Vous allez prendre l'ascenseur pour redescendre. »

— Volontiers, répondit Clémence, qui, sans être obèse, a le souffle court.

M^lle Valentin l'accompagna jusque sur l'escalier et voulut même attendre que l'ascenseur fût là ; mais M^me Durand ne le souffrit point. La petite bonne appuya sur le bouton d'appel (après avoir constaté que ce maudit ascenseur s'était encore arrêté à mi-étage). Il n'en remonta pas moins d'une assez bonne allure, la porte s'ouvrit, et M^me Durand de Lectoure vit d'abord Olivier Maudru assis sur la banquette, résigné comme un homme qui est à mi-étage depuis une heure, avec son manuscrit sur les genoux.


## IX


Les personnes dont la sensibilité est élémentaire sont affectées par le gros et par l'essentiel des événements : les raffinés ne prennent garde qu'à la fleur du détail ou à l'accessoire. A l'aspect d'Olivier Maudru, qui faisait pour dissimuler son manuscrit un geste maladroit et pudique, une amante ordinaire se fût écriée : « Vous alliez chez cette femme, ou vous en sortiez ! Vous lui avez lu votre pièce ! » Et elle eût souffert d'être trahie. M^me Durand de Lectoure songea qu'il est ridicule, à un certain âge, de surprendre son ami dans un ascenseur, et que ces rencontres de vaudeville n'étaient point dignes ni d'elle ni de lui. Elle fit mine de n'y rien comprendre et dit, fort naturellement, avec le plus aimable sourire :

— Vous voilà ? Oh ! bien, vous ne rendrez pas visite à M^{lle} Valentin aujourd'hui : je vous enlève. J'ai justement renvoyé ma voiture, et j'avais dessein de faire quelques pas.

« C'est une âme d'élite », se dit Maudru.

Mais il cessa, quelques secondes, de penser, tandis que l'ascenseur redescendait ; car le sentiment du vide lui coupait à la fois la respiration et l'association des idées.

« C'est une âme exquise », reprit-il à part lui dès qu'il toucha terre, et il éprouva, à l'endroit de M^{me} Durand de Lectoure, une reconnaissance qui, vu leur habitude ancienne, dégénéra en attendrissement. Ces sortes de dispositions sont, par bonheur, contagieuses, et le revenez-y de Maudru en détermina un pareil chez Clémence. Elle reconnut que, s'il était coupable, elle avait aussi bien des petites choses à se reprocher, et qu'il ne pouvait pas avoir pensé à M^{lle} Valentin plus dangereusement qu'elle-même n'avait pensé à Gerbaud. Quant à présent, Gerbaud ne pesait pas lourd pour elle, ni M^{lle} Valentin pour lui.

Ils allaient leur chemin sans rien se dire ; mais Olivier Maudru avait glissé sous son bras droit le fâcheux manuscrit, pour être libre d'offrir à M^{me} Durand de Lectoure son bras gauche, comme on faisait avant la guerre. Ils cheminaient à petits pas, d'une allure plus lourde et plus vieille que leur âge. Ils s'en apercevaient tous les deux, et cela les attristait doucement et ne leur déplaisait point.

Clémence dit enfin :

— J'ai quelques visites à faire, vous les ferez avec moi.

— Volontiers, repartit Maudru, en lui pressant un peu le coude.

— J'allais, reprit Clémence après un temps, chez M^{me} Gerbier des Joncs.

— Ne me parlez pas de ces gens-là ! s'écria Maudru avec sa violence coutumière.

Il a les qualités de ses défauts. Il ne sait pas toujours bien ce qu'il pense, mais il a le courage de ses opinions parce qu'il les exprime avec brutalité. Il ne croit à pas grand'chose, mais il méprise les gens qui n'ont de croyances que par intérêt et qui en changent comme de chemise. C'est un honnête homme.

Il déclara qu'il aimait encore mieux les modérés, et même les peureux sincères, que les peureux honteux comme ce Gerbier des Joncs, qui hurlent avec les loups après leur

avoir poliment demandé le *la*. Il eut même la bonté de dire qu'il préférait un habile comme Gerbaud, sur le compte de qui, au reste, il était joliment revenu depuis l'autre jour. M^{me} Durand, infiniment touchée de cette bonne parole, osa lui avouer qu'elle n'allait chez la Gerbier des Joncs que pour épier l'ennemi dans son camp, éventer ses mines et voir à sauver le ministère.

— Il faut sauver le ministère ! dit Maudru avec force.

Et il affirma qu'il honorait de son estime tous les membres du cabinet, mais qu'il donnait le pas sur tous au ministre des finances. M^{me} Durand de Lectoure ne savait plus comment lui témoigner sa gratitude.

— N'écourtons pas notre promenade, fit-elle. Je ne suis pas bien pressée d'arriver chez M^{me} Gerbier des Joncs, la marche vous fait du bien, le temps est agréable, et nous voilà sur les quais, que vous aimez tant.

Ils venaient en effet d'y arriver, en évitant, par un pas de côté, la vue de la Coupole, que Maudru n'aimait pas à regarder en face. Clémence l'attira vers le parapet, pour lui donner l'occasion de débiter un de ces jolis lieux communs que lui inspiraient toujours les vieux livres. Mais il n'apercevait dans les boîtes que ces pauvres bouquins, ces brochures mort-nées, qui viennent échouer là sans même avoir traversé les boutiques des libraires, et il passait, il ne disait rien. Parfois, il hâtait le pas : c'est qu'il venait de voir, de reconnaître, sous leur bande hypocrite, les mauvais livres, toujours les mêmes depuis trois quarts de siècle, le pauvre lot des mauvais livres, l'enfer des quais ; et il voulait dérober à sa vieille amie la vue même des couvertures et des titres. Mais quand il avisait des volumes tout neufs, il faisait halte volontiers, parce qu'il n'avait pas coutume de trouver ses propres œuvres parmi celles que s'empressent de revendre les amis à qui elles sont offertes avec une dédicace. Il eut pourtant, cette fois, la petite humiliation qu'il ne prévoyait point. Il dénicha ses trois derniers romans parmi des productions de jeunes et d'inconnus. Son humeur changea dans l'instant même et il traversa brusquement. M^{me} Durand de Lectoure, déjà lasse, se faisait maintenant tirer un peu.

Les beaux magasins de librairie qui sont vis-à-vis le parapet, au rez-de-chaussée des maisons, offrirent à Maudru des livres à figures et des reliures vénérables, plus dignes d'exciter sa verve; mais il n'était plus en train de bouquiner. D'ailleurs, les Gerbier des Joncs habitent rue Bonaparte : Maudru et Clémence durent quitter presque aussitôt le quai pour s'engager dans cette rue. Au tournant, ils s'arrêtèrent machinalement, une dernière fois, devant une boutique où étaient exposées des photographies.

Elles représentaient les monuments les moins inédits de la sculpture grecque et des tableaux italiens que Maudru savait, pour ainsi dire, par cœur. Mais il était trop amoureux des belles formes pour refuser un regard en passant, même à la *Vénus* de Milo, à l'*Hermès* de Praxitèle, à l'*Aurige* de Delphes, et à ces épreuves de Botticelli où subsiste, à défaut de la couleur, la grâce tourmentée et sèche du dessin. M^me Durand de Lectoure, qui s'intéresse davantage à l'art décoratif, contemplait des images de cheminées et de meubles, voire de tapisseries ou de dentelles.

Il y avait aussi, à l'étalage, de ces photographies de modèles vivants qui servent de documents aux peintres; la plupart n'étaient que des fragments d'académie sans valeur et de la plus douteuse beauté; mais quelques-unes, qui réunissaient plusieurs figures drapées à l'antique dans le merveilleux paysage de Taormina, semblaient de véritables tableaux composés pour illustrer les églogues de Virgile et de Théocrite.

Maudru murmura dévotement :

« Je ne désire point posséder des talents d'or ni courir plus vite que la brise : je suis content si je chante à l'abri de ce rocher et si je te tiens entre mes bras, en regardant la mer de Sicile... »

Il s'avisa soudain qu'il ne regardait point la mer de Sicile, mais le ruisseau de la rue Bonaparte, qui lui plaisait moins que celui de la rue du Bac à M^me de Staël. Il s'avisa aussi que l'amour doit s'envelopper de grâce et de jeunesse, et il eut un peu de honte, il eut une grande pitié de lui-même et de sa compagne. M^me Durand de Lectoure avait baissé les yeux : il sentit bien qu'elle était en confusion comme lui.

— Allons... soupira-t-il.

Ils poursuivirent leur chemin. Ils arrivèrent à l'hôtel du temps de Louis XIV où demeure M^me Gerbier des Joncs. De nombreuses voitures stationnaient devant la porte cochère.

— Oh ! dit Maudru, inquiet, il y a bien du monde !

En traversant la cour d'honneur, ils entendirent les notes aigres du piano, et une voix fort perchée de femme qui produisait une sorte de « trou-la-la ».

— Juste Dieu ! s'écria M^me Durand de Lectoure. M^me Gerbier des Joncs donne une matinée de musique, et je crois qu'elle chante !

## X

Madame Durand de Lectoure et Olivier Maudru traversèrent un vestibule immense, où cinquante valets de pied, commodément assis sur des sièges de style, écoutaient le concert comme leurs maîtres écoutent *Faust* à l'Opéra. Les domestiques étaient assis, mais les invités mâles de M^me Gerbier des Joncs étaient debout, dans les embrasures de deux portes monumentales, qui donnaient sur le salon, et demeuraient grandes ouvertes. Clémence et Maudru furent arrêtés par cette barrière humaine et durent, jusqu'à la fin du morceau, rester là. Ils apercevaient, pardessus les épaules d'hommes, en s'élevant sur leurs pointes, toutes les femmes rangées, ou plutôt un chaos prodigieux de couvre-chefs, sous lesquels ils avaient lieu de croire que se dissimulaient des créatures du sexe. Par delà ce décrochez-moi-ça de feutre, de velours, de crin, de paille et de fourrure, de plumes d'autruche, de plumes à plumeaux, d'aigrettes et de toutes les herbes de la Saint-Jean, de cabochons de jais ou de verroterie multicolore et de perles baroques grosses comme le poing, le piano à queue, juché sur une estrade, était visible de haut en bas, jusqu'à ses roulettes qui reposaient sur des godets de cristal. Le couvercle de l'instrument était levé autant qu'il pouvait l'être, et la petite M^me Gerbier des Joncs se tenait droite et roide devant cette ouverture, comme Andromède devant la gueule du monstre, quand il n'est que temps que Persée arrive; mais nul Persée en redingote n'était tenté de voler au secours de M^me Gerbier des Joncs, tant elle avait l'air tranquille et sûre de soi.

La certitude est l'ordinaire manière d'être de ce bout de femme, et, si l'on peut dire, sa spécialité. Elle n'a jamais douté de rien ni surtout d'elle-même. Sa meilleure amie dit qu'elle manque d'angoisse : c'est le propre des hommes et des femmes d'action. Elle ne perd pas une seconde à délibérer, et quand elle change d'opinion ou de dessein, c'est un changement à vue. Elle passe instantanément du blanc au noir. Elle ignore les transitions, les ménagements et les nuances. Elle n'est à son aise que dans l'absolu. Cela lui donne de l'aplomb. Elle se croit parfaite, non par vanité, mais par incapacité de concevoir qu'elle ne le soit point. C'est pourquoi elle n'appréhende pas de chanter devant deux cents personnes des « trou-la-la », comme ce que Maudru et M<sup>me</sup> Durand avaient ouï dès la cour avec une surprise mêlée d'effroi.

Ce « trou-la-la » était accompagné, au piano, d'une sorte de « glou-glou », que faisait, en promenant ses doigts au hasard sur les touches, un musicien qui eût ressemblé comme deux gouttes d'eau à un chasseur de chez Maxim s'il avait porté un dolman rouge au lieu d'une jaquette de gravure de mode. Il faut avouer que ces notes purement fortuites n'étaient point d'un effet trop déplaisant : elles étaient même caressantes, ou du moins agaçantes. Quant aux paroles, elles ne présentaient aucun sens : c'était une série de ces onomatopées qu'émettent les enfants qui ne savent point parler encore, ou les vieillards qui ne le savent plus. Le public se pâmait.

Maudru murmura :

— N'est-ce point de la musique russe ?

M<sup>me</sup> Durand de Lectoure, qui ne laisse pas de s'y connaître, lui assura que non, mais que c'était de la musique franco-russe, élaborée par de jeunes maîtres sans génie, qui veulent imiter un maître à peine moins jeune et plein de talent, lequel a retrouvé sans le savoir les procédés de la musique russe, comme Pascal les propositions d'Euclide.

Cette musique franco-russe, dont le caractère le plus marqué est une curieuse indétermination, M<sup>me</sup> Gerbier des Joncs la chantait avec plus de netteté, plus d'autorité qu'elle n'eût fait les *Petits bateaux* ou *Au clair de la lune*. Elle chantait d'ailleurs comme les régisseurs jouent quand ils ont un rôle, et elle surveillait cependant tout ce qui se passait dans son salon. Elle formait aussi plus de projets que Perrette, sans être gênée davantage par son chant que la laitière par son pot ; et comme elle n'a l'esprit occupé que de politique, elle défaisait et refaisait le classement des partis, ainsi que les diplomates en chambre remanient la carte d'Europe.

Au moment qu'elle achevait son morceau,

il se fit à la porte un léger remous, et ceux des hommes qui étaient par chance bien élevés s'écartèrent, pour livrer enfin passage à M<sup>me</sup> Durand de Lectoure et à Olivier Maudru. L'œil de M<sup>me</sup> Gerbier des Joncs lança un éclair : non point qu'elle nourrît une animosité contre Clémence ; mais elle est entêtée de symétrie, d'oppositions diamétrales, de pendants, et elle considérait — à juste titre — que M<sup>me</sup> Durand de Lectoure était, dans le monde parlementaire, exactement sa contrepartie. Ces deux dames n'avaient point, au fond, des opinions fort différentes, mais elles différaient par les formules. M<sup>me</sup> Durand de Lectoure trouvait que « l'on va trop loin », et M<sup>me</sup> Gerbier des Joncs trouvait que « ça ne peut pas durer comme ça » ; mais rien n'empêchait M<sup>me</sup> Durand de Lectoure d'appuyer à droite, au lieu que M<sup>me</sup> Gerbier des Joncs, qui en vient, n'a d'autre ressource, pour modifier l'ordre des choses, que d'appuyer encore plus à gauche. Elle fit soudain réflexion que cette Durand était bien cynique, d'arriver chez les gens bras dessus bras dessous avec son Maudru : elle-même pratiquait la vertu absolument et n'intriguait qu'au profit de M. Gerbier des Joncs. Elle regarda une minute son bout de mari, qui s'empressait auprès des dames et leur faisait des galanteries sans conséquence.

Cependant, les applaudissements, qui n'en finissaient point, l'avertirent que son auditoire souhaitait un nouveau morceau du même genre ; et comme elle n'a pas l'habitude de se faire prier, elle se remit à pousser des onomatopées inintelligibles, et son accompagnateur à les soutenir de « glou-glous ». Elle fronça le sourcil en voyant que les hommes de la porte se dérangeaient encore pour laisser entrer quelqu'un, non pas à la fin, mais au beau milieu de ce deuxième morceau : elle leur pardonna et tomba dans le ravissement quand elle aperçut que le visiteur était M. le ministre des finances. Cette démarche invraisemblable prenait toute l'importance d'une manifestation.

« Il fait les premiers pas ! se dit-elle. Il veut la paix. Pourquoi non ? »

Elle s'avisa que Gerbaud, qui semblait désigné pour la présidence du conseil et n'avait obtenu que les finances, méditait peut-être de trahir ses collègues du cabinet ; que l'on avait, en ce cas, intérêt à le ménager ; que, si Gerbaud et Gerbier des Joncs marchaient la main dans la main, le Bloc serait reconstitué ! Cette idée séduisante lui arracha un si triomphant *Hou-la-ba-ba-la-chou*, que M. Jourdain lui-même n'en pousse point de plus sonores quand il est nommé mamamouchi, et que l'accompagnateur surpris crut devoir plaquer deux ou trois accords qui violaient toutes les lois surannées de l'harmonie. Un murmure d'extase souligna ce *fortissimo*, et M<sup>me</sup> Gerbier des Joncs décréta subitement que son mari serait président de la Chambre avec l'appui du ministère; puis elle résolut de marier Gerbaud : car un homme, à qui une carrière si magnifique est promise, doit donner l'exemple de la régularité.

Tout en psalmodiant « ba-be-bi-bo-bu » comme un élève de la maternelle, elle cherchait des yeux dans l'assistance une épouse digne de Gerbaud (qui était cinq minutes auparavant sa bête noire). Mais elle ne découvrait aucune jeune fille, ni aucune veuve ou divorcée qui lui parût qualifiée pour cet emploi, quand il se fit une nouvelle entrée, encore plus extraordinaire que les précédentes : Catherine Durand (ou Duval) de Lectoure arrivait flanquée de Duval et de M. l'abbé Sauvage !

Naturellement, Louloute, depuis qu'elle entretenait des relations avec les pires ennemis de la République, avait horreur de M<sup>me</sup> Gerbier des Joncs. Mais M<sup>me</sup> Durand de Lectoure, en renvoyant son mécanicien, lui avait dit : « Vous viendrez me prendre rue Bonaparte. » Le mécanicien de la mère était du dernier bien avec la femme de chambre de la fille, et ne cachait rien à cette femme de chambre, qui ne cachait rien à sa maîtresse. Louloute, informée, se rendit chez M<sup>me</sup> Gerbier des Joncs en compagnie de Duval, pour narguer sa mère. M<sup>me</sup> Durand de Lectoure, apercevant Louloute, changea de visage. M<sup>me</sup> Gerbier des Joncs le remarqua, observa entre parenthèses que Louloute ne se gênait guère, de lui amener un Duval, et chercha ce qu'elle pourrait faire qui fût bien désagréable à tout ce monde-là. Elle surprit, à propos, un regard tendre que M<sup>me</sup> Durand de Lectoure assenait à Gerbaud, et elle détermina en conséquence de marier Gerbaud à Louloute pour rendre M<sup>me</sup> Durand jalouse. Puis elle assena elle-même un regard d'intelligence et un sourire à l'abbé Sauvage, sans savoir pourquoi : car elle était à cent lieues de soupçonner qu'il avait conçu le premier cette idée-là.

Elle cessa brusquement de chanter : ces sortes de musiques peuvent aussi bien s'inter-rompre *ad libitum* que se continuer éternellement. Les applaudissements éclatèrent, mais elle ne se laissa pas attendrir, elle refusa le *bis*. Elle sauta à bas de l'estrade et enjoignit à ses invités de la suivre au buffet, du même ton qu'une maîtresse de pension dit à ses jeunes élèves :

— Mes enfants, il est l'heure de goûter et d'avoir faim

XI

Les enfants ont l'estomac docile, et quand la maîtresse de pension leur ordonne d'entrer chez le pâtissier parce qu'il est quatre heures et demie, ils ne se le font pas dire deux fois; d'autant qu'à cet âge, tous les gâteaux semblent appétissants. Mais la friandise des grandes personnes veut être sollicitée avec plus d'art, et il faut bien avouer que la plupart des hôtesses d'aujourd'hui n'y entendent rien du tout. Maudru lui-même, qui ne souffre pas qu'on dise que tout va de mal en pis, admet la décadence quant à la cuisine. Il prétend que les menus des « dîners en ville » se ressemblent comme les pièces de théâtre, et que l'on ne verra guère plus d'uniformité au temps prochain où nous nous alimenterons chimiquement par le moyen de pilules; et il ose affirmer (car il est brutal) que, sauf à deux ou trois tables du monde, l'on ne trouve plus de viandes braisées selon les règles ni de légumes mijotés « à la française » que chez les concierges et quelques tout petits bourgeois.

Parmi cette débâcle du goût, les dîners de M<sup>me</sup> Gerbier des Joncs savent encore se faire remarquer, au mauvais sens du mot, bien entendu; mais ses buffets sont encore plus célèbres que ses dîners. Les petits fours y ont cet aspect conservé qui est comme la marque de fabrique des pâtissiers de la rive gauche. Ce n'est point par antiphrase que les galettes y sont dites « de plomb », mais c'est par un impudent euphémisme que les brioches y sont qualifiées « mousseline ». La fadeur des orangeades fait à l'acidité des citronnades une juste compensation, et les hommes se sentent rajeunis quand ils tâtent de la tisane de Champagne, qui leur rappelle la Saint-Charlemagne et le collège. Le fâcheux est que M<sup>me</sup> Gerbier des Joncs impose à ses invités la consommation de ces denrées détestables : elle leur plante dans les yeux son regard clair, plus puissant mille fois pour subjuguer la volonté d'autrui que celui de n'importe quel magnétiseur. Locuste devait avoir cette façon-là de regarder les esclaves sur qui elle faisait l'essai de ses poisons.

La première victime de la Locuste contemporaine fut naturellement Gerbaud. Les préséances sont observées beaucoup plus rigoureusement sous le régime républicain que dans l'ancienne société. M^me Gerbier des Joncs devait faire les honneurs à Gerbaud par hypocrisie, parce qu'il était son adversaire politique, ou par cordialité, parce qu'elle méditait de se réconcilier avec lui; mais elle devait surtout feindre de n'apercevoir que lui parce qu'il était le seul ministre présent. Olivier Maudru, qui n'est qu'un écrivain illustre, ne pouvait venir qu'au second rang. Chacun sait que les gens de lettres passent, dans les salons, après le politicien : c'est bien leur faute; cela leur apprendra à être si humbles devant le moindre élu du suffrage universel.

M^me Gerbier des Joncs demanda donc à M. le ministre des finances s'il souhaitait de l'orangeade ou de la cerisette. Gerbaud, après avoir considéré les deux liquides, dont l'un n'était pas assez jaune et l'autre beaucoup trop rouge, se décida pour l'eau d'Évian. C'était une impertinence; mais il jouit d'un privilège admirable : il est séduisant, ce qui lui permet de dire sans déplaire jusqu'à des incongruités. On ne saurait définir en quoi cette séduction consiste; ce n'est peut-être qu'une qualité de sa voix, qui, pour les profanes, ressemble à toutes les voix, mais que les auditeurs trouvent singulière dès qu'ils sont avertis qu'elle est la voix de Gerbaud. M^me Gerbier des Joncs ne put l'entendre déclarer qu'il souhaitait de l'eau d'Évian sans tressaillir. Elle lui versa elle-même d'une carafe, qui ne contenait à vrai dire que de l'eau filtrée. Puis elle fit signe à Gerbaud des Joncs, qui vint à son tour subir la séduction du ministre. Tous les autres invités bourdonnaient alentour, mais étaient aux yeux de M. et de M^me Gerbier des Joncs comme s'ils n'étaient point.

M^me Durand de Lectoure, qui stationnait à deux pas, se félicitait de voir le ministre en si bons termes avec l'ennemi; mais elle souffrait aussi de cette réconciliation inattendue et trop rapide, où elle n'avait pas eu le temps de travailler. Elle sentait un peu de rancune contre Gerbaud. Cela retomba sur Maudru, qui eut la maladresse de lui demander si elle voulait manger ou boire. Elle lui repartit rudement :

— Je suis trop heureuse qu'on ne m'offre rien. J'en profite.

M^me Gerbier des Joncs, pensant alors que le moment était venu de faire la seconde politesse de la journée, exécuta un quart de conversion du côté de Clémence, et dit à Gerbaud :

— Je crois que vous connaissez M^me Durand de Lectoure?

Mais Catherine, qui guettait, venait justement de s'insinuer entre Clémence et M^me Gerbier des Joncs, de sorte que ce fut la fille, au lieu de la mère, que la maîtresse de la maison présenta au ministre. La mère, ulcérée, fit retraite vers la droite. Gerbaud répondit :

— J'ai l'honneur de connaître la mère de Madame, mais je n'ai pas encore eu l'honneur de rencontrer Madame.

Cette phrase n'a l'air de rien, ou même elle a l'air d'être assez mal tournée; mais il faut entendre le monstre, c'est-à-dire qu'il faut entendre Gerbaud la moduler. Louloute fut positivement vaincue dès cette première attaque. Elle eut toutefois assez de présence d'esprit pour répondre, d'un ton enjoué, qu'elle n'avait guère d'occasions de rencontrer un ministre chez les chevau-légers où elle fréquentait plus ordinairement. Cette quasi-profession de foi ne donna que plus de prix aux compliments qu'elle crut devoir lui faire, de son doigté, de son éloquence et de son génie. La réplique de Gerbaud ne fut pas moins banale, mais valut par la diction. M^me Durand de Lectoure, qui ne perdait pas un mot de cet entretien, était encore plus ulcérée. Elle éprouva soudain un sentiment de jalousie; et comme elle ne pouvait raisonnablement croire qu'elle fût jalouse de Gerbaud, elle s'en prit encore à Maudru. Elle se rappela qu'elle venait de le pincer chez M^lle Valentin, et lui eût fait une scène sans barguigner, si elle n'avait une si grande habitude du monde.

Cependant M. l'abbé Sauvage, discrètement, à petite distance, observait. Il lit assez bien dans les âmes, ainsi que tous les hommes d'Église. Il savait que Gerbaud est séduisant, et il aperçut que Catherine était séduite. Il remarqua une fois de plus que la divine Providence n'a cure ni des préparations, ni même des vraisemblances, et qu'elle fait bon marché de la psychologie quand elle est impatiente de réaliser ses desseins. Mais il était peiné de voir que M^me Durand avait de l'humeur. Il jugea le moment venu d'exercer son ministère de paix, et il vint se placer entre la mère et la fille pour les obliger à s'adresser la parole.

M^me Durand de Lectoure, faisant réflexion qu'elle était bien sotte de se priver de Gerbaud parce que Louloute l'accaparait, joignit le groupe à ce même instant, et M. l'abbé Sauvage eut la satisfaction bien douce d'entendre la fille dire à la mère, comme si de rien n'était :

— Tiens, bonjour, maman. Tu vas bien?

— Et toi? répondit M^me Durand de Lectoure.

Mais la perfide M^me Gerbier des Joncs profita de ce bref dialogue pour distraire le ministre des finances. La mère et la fille en furent également furieuses et parurent près de se jeter l'une sur l'autre. La présence de M. l'abbé Sauvage retarda le choc. Par malheur, Duval, que sa situation irrégulière flattait en théorie, mais gênait fort dans la pratique, vint rôder autour de sa pseudo belle-mère, avec des airs engageants. Louloute prit la balle au bond.

— Au fait, maman, dit-elle, je te présente Jules.

M^me Durand de Lectoure fut suffoquée; mais elle se ressaisit et riposta avec aigreur :

— Je suis bien aise de le connaître. J'espère que, dorénavant, il aura la politesse de me tirer son chapeau quand il me rencontrera dans mon escalier.

Louloute, hors d'elle-même, répliqua qu'il ne l'y rencontrerait plus, et que tous deux quitteraient la maison dès ce soir, puisqu'on les traitait ainsi. M^me Durand de Lectoure répliqua on ne sait quoi d'inarticulé, que personne n'entendit, bien qu'elle l'eût crié très haut. L'abbé Sauvage, désolé, tira d'un côté la fille, tandis que Maudru tirait la mère d'un autre côté. Pour étouffer le scandale, M^me Gerbier des Joncs dut quitter en hâte la salle à manger, courir au salon, escalader l'estrade et se remettre à pousser des *oh!* et des *ah!* bien avant que son pianiste n'eût pu reprendre place sur le tabouret et frapper au petit bonheur les touches.



M. l'abbé Sauvage, qui était venu avec Louloute, se crut obligé de retourner avec elle; mais la sortie, après un tel esclandre, lui parut encore plus délicate que l'entrée. Il ne se sentit point soulagé quand il eut pris place dans l'automobile, où Duval s'assit en lapin. Il craignait surtout que la jeune femme n'eût une crise de nerfs. Il soigne à merveille les incommodités morales : mais, dès que ses pénitentes ou ses clientes poussent des cris, se tordent les bras et se mettent en arc, il s'affole, sans d'ailleurs les pouvoir prendre au sérieux. Il ne sait plus alors d'autres remèdes que les formules d'exorcisme, dont il n'use pas volontiers, car il a un sentiment fort vif du ridicule. Il connaît bien l'efficacité du siphon d'eau de Seltz; mais on n'a point de siphon sous la main dans un automobile, et son caractère sacré lui interdirait en tout état de cause de traiter si familièrement des possédées, dont le chapeau coûte cinquante louis et la pelisse quarante mille francs.

Pendant cinq bonnes minutes, Catherine-Louloute et Duval demeurèrent muets absolument. Le silence des gens ne fournit aucune indication utile de leurs états d'âme, et il est toujours arbitraire de l'interpréter. Mais l'abbé, qui était en proie à l'angoisse, trouva ce silence menaçant, gros d'un orage prochain; et quand M^me Durand ou Duval de Lectoure, une fois les cinq minutes écoulées, partit soudain d'un éclat de rire, il se dit : « Nous y voilà ! » croyant que ce fut le premier symptôme de la crise nerveuse qu'il attendait. La bonne humeur évidente de Catherine le tranquillisa. Elle se mit à récapituler le drame avec une volubilité extraordinaire, d'une voix que n'entrecoupaient point des spasmes, mais seulement des reprises de rire presque puéril. Elle ne manquait point d'esprit, et raillait agréablement les fureurs de M^me Durand mère, l'émoi de M^me Gerbier des Joncs; mais elle abusait d'un argot qui n'a passé les barrières que depuis une vingtaine d'années, et qui n'est pas encore usuel dans tous les salons de la bonne compagnie. La présence d'un ecclésiastique rendait ce langage encore plus messéant; l'abbé, toutefois, n'était pas si petit esprit de s'en formaliser, et ne s'étonnait pas qu'une païenne ignorât la révérence due à son habit. Il jugea même prudent de faire chorus, pour témoigner que l'Église n'est pas ennemie d'une douce gaieté. Cette complaisance lui permit de prendre la parole à son tour, de relever un peu le ton de l'entretien, et d'en venir à ses moutons, autrement dit à l'urgence du baptême.

Les transitions ne furent pas bien difficiles à ménager. L'abbé dit simplement que le comique de la scène l'avait diverti, mais non sans mélange, et qu'un prêtre ne saurait voir de sang-froid une mère aux prises avec sa fille. Ce spectacle douloureux doit être retenu à titre d'enseignement : il démontre qu'une mère n'est pas une mère à proprement parler si elle n'est une mère chrétienne, et qu'une fille, qui n'est pas non plus une fille chrétienne, n'a pas ombre de piété filiale, eût-elle reçu d'autre part la plus admirable éducation.

— Oh ! la ! la ! interrompit Catherine.

— En d'autres termes, reprit l'abbé Sauvage avec force, là où il n'y a pas de religion, il n'y a pas de famille.

Duval fit à part soi réflexion que ce curé était « rasant » et se mêlait de ce qui ne le regardait point. Mais Louloute murmura que cela était bien vrai, et prit un air d'enfant sage qui malheureusement fut perdu pour les deux autres : car la nuit était venue, et quand Duval voulut éclairer l'auto, l'accumulateur de lumière se trouva déchargé. Le silence régna de nouveau, mais l'abbé ne s'en effrayait plus. Ce fut encore Louloute qui rouvrit le branle. Elle s'écria tout d'un coup qu'elle souhaitait la peste pulmonaire à ses parents, qui l'avaient élevée en dehors de toute confession, sous prétexte de lui en laisser le choix quand elle aurait l'âge de s'y reconnaître.

— Vous voyez le « chouette » résultat ! dit-elle, avec autant de modestie et de naïveté que de mauvaise humeur.

Elle fit une pause, puis déclara qu'elle allait choisir et qu'il n'était que temps. Duval grogna qu'il n'en voyait pas la nécessité, mais, par égard pour le « curé », il le grogna de façon inintelligible. M. Sauvage crut devoir féliciter Louloute, mais le fit d'une voix mal assurée : ce mot de « choix » le taquinait. Il tremblait que cette originale ne choisît par bravade quelque religion impossible, comme la grecque, la musulmane ou la juive — qui sait ? — la luthérienne ! M^me Duval de Lectoure le tira de cette crainte en lui demandant un rendezvous pour en causer, ce qui parut signifier qu'elle se tiendrait au catholicisme.

A ce moment, et comme la voiture allait traverser le boulevard, un sergent de ville leva son bâton blanc. Duval baissa la glace et réclama le passage en exhibant son coupefile, avec toute l'arrogance d'un homme qui est plus ou moins le gendre d'un sénateur de la majorité. Ce fut en vain. Il se mit alors à invectiver contre l'agent de la force publique, en termes qui prouvaient bien qu'il avait fait son service militaire. L'abbé ne savait plus comment remettre la conversation sur le terrain religieux.

Il dit, quand on eut passé :

— M. le ministre des finances est, en vérité, séduisant.

— Oui, murmura Catherine, rêveuse.

— Est-ce qu'il n'a pas tapé dans l'œil à ma belle-mère ? demanda sans façon le Duval.

L'abbé, à qui la question était posée, se dispensa d'y répondre, et ne fut point fâché de voir que l'on arrivait enfin à l'hôtel Durand-Duval.

— Madame, dit-il en mettant pied à terre à la porte du vestibule, je vais prendre congé de vous.

Duval fit observer que la voiture pouvait le remettre chez lui. Mais Louloute retint le prêtre et le pria de vouloir bien monter quelques instants.

— Vous tiendrez compagnie à Jules, dit-elle, pendant que je ferai les malles.

— Quelles malles ? dit Jules, interloqué.

Elle redevint sur-le-champ aussi furibonde que naguère, au buffet de M^me Gerbier des Joncs. Elle protesta qu'elle ne parlait jamais en vain, qu'elle avait annoncé publiquement son intention de quitter le toit paternel, et qu'elle irait donc coucher à l'hôtel ce soir même, et qu'elle y demeurerait jusqu'au jour où elle aurait trouvé un autre gîte. Duval lui demanda si elle n'était point folle, l'abbé Sauvage la détourna des conseils de la colère et des résolutions précipitées. Mais Louloute n'aimait justement que les coups de tête et les coups de théâtre, et quand Duval lui remontra la modicité de sa dot, qui ne leur permettrait seulement pas de joindre les deux bouts s'ils se chargeaient d'un loyer, elle répondit avec hauteur :

— J'ai réfléchi à tout cela. Depuis une heure je ne pense pas à autre chose, et mes dispositions sont déjà prises. Il est clair que nous ne pouvons pas vivre de mes revenus : j'ai à peine quatre-vingt mille livres de rentes. Eh bien, nous gagnerons notre vie ! Tu es un grand artiste...

— Oui, fit Duval, mais...

— Mais tu n'as pas encore trouvé ta voie : c'est à moi de te l'indiquer. Les pots ont fait leur temps. Ta peinture ne se vendra jamais. Tu es destiné à renouveler l'art du costume.

— Moi? s'écria Duval, qui s'attribuait toutes les sortes de génie, sauf peut-être celle-là, n'y ayant jamais pensé.

— La mode actuelle, dit Catherine, autorise toutes les fantaisies. Elle offre à ton imagination des perspectives illimitées. Tu dessineras des toilettes, et je présiderai à l'exécution de tes modèles. Nous louerons un appartement splendide, ou un hôtel. Je vois d'ici comment je le meublerai. Ce qui m'amuse, c'est qu'en lisant son nom dans le Bottin, le vieux forban va en faire une maladie.

Elle se tourna vers l'abbé Sauvage et lui dit avec déférence :

— Cela ne m'empêchera pas, monsieur l'abbé, de me préparer au grand acte que j'ai différé trop longtemps. Vous pouvez compter sur moi. Je vous enverrai mon adresse; ou plutôt je viendrai vous rendre visite, si vous voulez bien me recevoir.

— Madame, répondit l'abbé, ce sera toujours avec le plus grand plaisir.


## XIII


On ne fait point scandale comme on veut, en ce temps-ci : il y a trop de concurrence; et il n'est pas commode non plus, pour la même raison, d'attirer l'attention sur soi par le ridicule du costume. L'on pourrait, à la rigueur, se distinguer par une tenue décente et simple; mais peu de gens y pensent, et Catherine Durand-Duval moins que personne.

Elle n'imagina point du premier coup la nouvelle mode absurde qu'elle souhaitait pour lancer sa maison de couture. Ce retard importait peu, car elle devait premièrement s'établir; mais elle n'attendit point son établissement pour publier ses projets, et elle s'étonna qu'une nouvelle si exorbitante ne fît point sensation. Le vieux forban ne tomba point malade comme elle avait espéré : il se contenta de hausser les épaules. M<sup>me</sup> Durand de Lectoure balança un jour ou deux de prendre un air de moquerie, ou un air de martyre : elle se décida pour la moquerie. Dans le monde,

Louloute réussit tout juste à se faire traiter de folle. Mais elle dut soutenir, dans son ménage, des discussions fastidieuses, dès qu'elle se mit à réaliser des valeurs pour constituer son capital.

Ainsi que la plupart des grands artistes désintéressés, Duval avait une peur maladive de se trouver à court d'argent. Il ne pouvait pas concevoir que sa femme risquât la plus petite parcelle d'une fortune qu'elle possédait en propre, mais dont il ne laissait pas de jouir aussi. Il n'eut pas gain de cause, ni même voix délibérative. Catherine Durand de Lectoure était aussi intraitable sur ce chapitre que les personnages de Saint-Simon sur celui des préséances, et elle n'avait jamais permis à aucun de ses maris successifs de dire à quelle sauce il voulait être entretenu.

Duval, artiste avant tout, cessa d'ailleurs ses murmures et son opposition le jour que Louloute fit la trouvaille d'un immeuble assez baroque, dont aussitôt il raffola. C'était, non loin du bois de Boulogne, dans le vieux Passy, une ci-devant maison de campagne, devenue petit hôtel quand le quartier était devenu parisien. Elle avait gardé, de ses origines campagnardes, une mine délabrée qui permettait de lui attribuer cent ans ou plus, bien qu'elle n'en eût pas soixante-dix, et de la dater du Directoire. Il devait suffire d'y mettre des meubles de cette époque pour les authentiquer en quelque sorte. La façade manquait heureusement de caractère, et la nudité absolue de l'intérieur se prêtait à toutes les restaurations. Enfin, il y avait un carré de jardin, qui ne semblait point trop perdu au fond d'un puits, malgré le voisinage des gratte-ciel.

Un bonheur ne vient jamais seul. Duval eut un trait de lumière et conçut tout d'un coup le costume qu'il avait si longtemps cherché en vain, dès qu'il eut devant les yeux le décor où des théories de mannequins en exhiberaient prochainement les divers modèles à la clientèle future de Louloute.

Le génie de Jules Duval est complexe. On sait qu'il a, comme peintre, une vision à soi, qui déforme la perspective et lui fait toujours voir l'épaule gauche de ses sujets plus haute que la droite, de même la hanche et le genou; mais il se pique d'être classique et procède de M. Ingres. Il n'hésita pas, en l'occurrence, à remonter jusqu'à David, qui est plus classique, et plus exactement contemporain de l'époque où l'on faisait aussi remonter la construction de l'hôtel. Comme tous les ambitieux, Duval avait un faible pour Napoléon; mettons : pour Bonaparte, afin d'éviter l'anachronisme. Il se rappela que la campagne d'Égypte nous a procuré (faute de mieux) quelques motifs de décoration et même de toilette, vaguement orientaux; puis que le général goûtait Ossian et Werther, et qu'un peu de romantisme naissant se peut mêler aussi à un idéal, tout classique, de la fin du dix-huitième siècle. Enfin, il s'écria :

— J'ai trouvé !

Et il attira un gros bloc de papier Whatman qu'il avait toujours à la portée de sa main, où il crayonnait au fur et à mesure ses inspirations.

Il commença par y tracer le contour d'un corps de femme, selon le canon antique, sauf la déformation des épaules, des hanches et des genoux. Il en revêtit la partie inférieure d'un vaste pantalon d'odalisque serré aux chevilles, et il dessina sur les pieds des escarpins d'homme avec le petit nœud de ruban. Il drapa sur le torse une tunique à la grecque, et par-dessus cette tunique une autre pièce d'étoffe, d'un style encore indéterminé. Il hésita quelques secondes avant d'accommoder la tête, et Louloute trembla qu'il ne fît la faute d'y mettre un turban, qui est déjà de l'année dernière; mais il esquissa une coiffure de sphinx, qu'il surmonta toutefois d'une aigrette.

Elle dit :

— C'est épatant !

Il demeura silencieux, impassible. Soudain, il saisit sa boîte de couleurs à l'aquarelle. Il badigeonna d'abord de noir les escarpins, il les vernit. Il peignit de beau jaune serin ce qu'on voyait des bas entre les escarpins et la culotte, et cette culotte elle-même du vert pomme le plus franc. Il indiqua fort habilement la transparence de la tunique grecque, dont la nuance fut le rose tendre; et l'étoffe qui était drapée par-dessus se métamorphosa en cachemire des Indes à fond blanc, avec des palmes de toutes les couleurs du perroquet. Il essaya de donner à la coiffure égyptienne la teinte et l'aspect du porphyre : il n'obtint qu'une sorte de carton peint; mais son triomphe fut l'aigrette, qu'il enleva sur ce fond rougeâtre, à la gouache, en trois coups de pinceau.

— Voilà, dit-il enfin, le costume de l'avenir !

Louloute se mit à pousser des acclamations. Elle n'est point, d'ordinaire, si prodigue

de son enthousiasme; mais ces tons juxtaposés faisaient un ensemble si criard qu'il était impossible de les considérer de sang-froid et sans jeter, en effet, des cris.

Quand elle put reprendre le diapason de la conversation familière, elle affirma d'abord à Duval, une fois de plus, qu'il était un grand artiste. Il ne lui sut aucun gré de ce compliment, qu'elle lui assenait à tout bout de champ sans y penser et qui ne tirait pas à conséquence. Elle lui déclara ensuite qu'il devait composer bien d'autres modèles dans le même genre et qu'elle se réservait celui-ci pour le porter elle-même, à la matinée d'inauguration.

— Tu comptes donc, lui dit Jules, donner un tra-la-la?

— Naturellement, répondit Louloute. Je me fais couturière, mais il ne s'ensuit pas que je cesse d'être une femme du monde. J'imite les plus grandes dames de l'aristocratie anglaise, qui vendent, à leurs moments perdus, des robes ou des chapeaux. Donc, je ne déroge point. Je ne perdrai aucune de mes relations. Seulement, mes amies deviendront mes clientes. Bien d'autres femmes, avec qui je n'échange pas maintenant de visites, viendront aussi à moi, soit par sympathie ou par curiosité. J'aurai un salon, plus amusant que l'ancien, parce que mes amies du monde s'y rencontreront avec des artistes dramatiques, et même avec des artistes, si j'ose dire, sans profession : si ces demoiselles me demandent de les habiller, pourquoi leur opposerais-je une fin de non-recevoir? On servira le thé à cinq heures, au printemps, dans le jardin, que tu vas me faire le plaisir d'arranger à la française, et l'hiver dans la véranda. Les mannequins défileront entre les petites tables pendant le goûter. Certains costumes seront présentés en plein air. Je combinerai des groupes, des tableaux vivants, des scènes mimées. Tiens, voilà tout bonnement le spectacle que nous offrirons à nos invités du premier jour... Tu te feras faire une redingote, ajouta-t-elle en jetant un regard méprisant sur le veston de Jules Duval, d'une coupe fâcheuse et tout déshonoré de taches.

— Une redingote grise ! s'écria Duval, qui n'avait jamais songé aux élégances, mais qui apercevait tout d'un coup la nécessité d'en devenir l'arbitre.

Il reprit.

— Comment dresseras-tu ta liste d'invitations?

Elle ne sut que répondre, mais fit un grand geste qui embrassait le monde entier.

Il badina :

— Tu ne penses pas à inviter, dit-il, le père et la mère Durand?

— Ils ne viendraient pas, répondit-elle sur le même ton. Mais leur absence me permettra d'avoir Maudru; d'autant que M<sup>lle</sup> Valentin ne nous fera pas faux bond.

— Ni Gerbaud! dit Duval en clignant de l'œil.

— Si je priais le bon abbé Sauvage? dit Louloute avec onction.

Elle ajouta, sérieusement :

— Puis-je aller au baptême en culotte?

— Tu y tiens donc toujours, dit Duval, à te faire baptiser?

— Je tiens, avant tout, répondit-elle, à m'assurer la clientèle du Faubourg.


### XIV


Catherine et Jules Duval passaient l'après-midi entière à diriger les ouvrières qui exécutaient les costumes et les ouvriers qui appropriaient l'hôtel pour la fête d'inauguration. Le soir, ils ne bougeaient point de la pension de famille où ils avaient fait leur établissement provisoire; ils s'enfermaient dans leur chambre, ils mettaient sous enveloppe des cartes d'invitation, et ils transcrivaient sur les enveloppes les adresses du Tout-Paris. Cette besogne est assommante. Quand ils n'en pouvaient plus, ils prenaient cinq minutes de repos. Duval, qui est un rêveur, se renversait dans son fauteuil, fermait les yeux et ne pensait à rien. Louloute, qui n'est pas impunément la fille d'un sénateur de l'extrême-gauche, parcourait les dépêches politiques.

Huit jours précisément avant le grand jour, comme elle lisait ainsi la *Presse*, Duval l'entendit gémir et lui demanda, avec sollicitude, ce qu'il y avait de cassé. Elle répondit :

— Le ministère sera interpellé vendredi prochain, à propos de trois religieuses soi-disant sécularisées qui continuent de demeurer ensemble dans un village perdu des Pyrénées-Orientales, et qui poussent le mépris de la loi jusqu'à user leurs vieux vêtements de nonnes.

— Il n'y a pas de quoi fouetter un chat, dit Jules.

— C'est la pelure d'orange, repartit Louloute. Les adversaires du cabinet lui reprochaient déjà d'appuyer à droite : il va tomber.

— Et quand il tomberait, reprit Jules, qu'est-ce que ça peut bien te faire?

Mais Louloute a le même genre d'esprit que les Goncourt, qui ne pardonnèrent jamais à Napoléon III d'avoir choisi le jour qu'ils publiaient leur premier roman pour faire son coup d'État. Elle songeait aussi, mais sans le dire, qu'elle n'aimerait guère que Gerbaud cessât d'être ministre.

Le vendredi, elle négligea fort son Tout-Paris, ses cartes et ses enveloppes, et même ses ouvrières et ses ouvriers. Dès trois heures, elle se jeta sur les journaux à mesure qu'ils paraissaient. Elle fut tranquillisée dès quatre heures et demie par la bonne physionomie des dépêches. Gerbaud ne donnait point de sa personne, car il s'agissait de religion, point de finances; mais le président du conseil monta trois fois à la tribune, où il remporta chaque fois un nouveau triomphe qui faisait oublier le précédent. La séance ne prit fin que vers dix heures. A dix heures vingt, les marchands de journaux commencèrent de rugir par les rues. Duval courut acheter une feuille toute fraîche, dont plus de la moitié lui resta après les doigts. Louloute y put encore lire assez distinctement que l'ordre du jour accepté par le cabinet avait réuni une majorité incroyable, que trente-cinq députés, à peine, avaient osé voter contre; enfin, comme disait drôlement le journal, c'était l'unanimité moins trente-cinq voix.

L'énormité même de ce succès inquiéta Louloute : elle a du flair; et elle ne fut point trop étonnée d'apprendre, le lendemain matin, que les ministres avaient tenu un conseil *in extremis* au sortir de la séance, où ils étaient demeurés d'accord qu'on ne saurait garder le pouvoir dans ces conditions-là et avec une majorité si disproportionnée. Elle crut toutefois devoir dire :

— C'est inexplicable.

— Inexplicable, répondit Jules avec indifférence.

Il ajouta (car il a entendu parler de littérature) :

— A moins que M. le président du Conseil n'estime, avec l'*Ennemi du peuple*, que la « majorité compacte » est une chose à n'avoir point derrière soi, et que le seul homme vraiment fort est l'homme seul.

Louloute haussa les épaules. Il reprit :

— Nous aurons un autre ministère dans les quarante-huit heures, et le jour que nous ouvrirons tes salons, personne n'y pensera déjà plus.

Cela n'était pas si mal raisonné, pour un homme qui n'y connaît rien. La crise qui venait d'éclater ne présentait point de difficultés singulières, et la situation ne pouvait prêter à l'équivoque : la Chambre avait approuvé, à l'unanimité moins trente-cinq voix, la politique du précédent cabinet; il fallait donc changer de politique, en même temps que de cabinet, et donner satisfaction aux mandataires du suffrage universel en prenant leur vote à qui perd gagne. C'est ce qu'on appelle le jeu normal des institutions parlementaires. Quant au futur président du Conseil, il fut désigné sans hésitation par MM. les présidents du Sénat et de la Chambre à M. le Président de la République, qui n'hésita pas davantage. L'homme désigné était obscur, mais nécessaire. Il avait, comme tous ses collègues, une liste en poche, et l'on crut d'abord qu'il n'aurait que la peine de l'envoyer à l'imprimerie de l'*Officiel*, après l'avoir soumise par déférence à M. le Président de la République.

Mais un accident curieux, sans exemple, retarda cette solution. Personne, ni militaire, ni même civil, ne voulut accepter le portefeuille de la guerre, auquel il faut bien pourvoir, car nous ne saurions encore le supprimer. Le pauvre président du conseil trouvait plus de monde qu'il n'en souhaitait pour les portefeuilles secondaires, agriculture, postes, travail ou cultes, dont un au moins, selon l'usage, devait échoir à Gerbier des Joncs; mais il courait de porte en porte offrir la guerre, et cette offre si flatteuse était partout déclinée. Si bien que, le jour même où Louloute ouvrit ses salons, l'homme nécessaire pensa jeter le manche après la cognée, faute d'un camarade de bonne volonté qui consentît à loger rue Saint-Dominique.

Louloute n'en revêtit pas moins, dès trois heures, le costume qu'elle avait fait exécuter d'après l'aquarelle de Duval, savoir le pantalon d'odalisque vert pomme, la tunique grecque, le cachemire des Indes et le capuchon de sphinx surmonté d'une aigrette; mais elle était au désespoir. Les courses éperdues de M. le ministre de l'intérieur présomptif,

à la recherche d'un introuvable chef suprême de l'armée, étaient depuis la veille un sujet de risée universelle, et elle craignait de n'en pouvoir divertir ses invitées et futures clientes, d'autant que des camelots venaient déjà distribuer les premiers journaux du soir devant la grille du jardin. Ils profitaient de l'occasion pour se rincer l'œil; et lorsqu'à travers les barreaux, ils voyaient circuler dans le jardin à la française, orné de riches treillages et peuplé d'animaux de bronze, quelques mannequins en complet-culotte, ils ne se gênaient pas pour crier à la chie-en-lit, au lieu de crier *Paris-Sport* ou la *Liberté*.

Ils n'accueillirent pas plus poliment les femmes de la haute société ou du demi-monde, quand elles débarquèrent pêle-mêle de leurs automobiles. Ce mélange des classes rendait bien délicate la tâche de Louloute et de Duval, qui ne pouvaient faire même chère aux duchesses et aux actrices, et qui étaient obligés de diversifier leur protocole continuellement et impromptu. Ils s'en tiraient avec un tact surprenant, et Duval lui-même savait plaire aux grandes dames par une familiarité de bon ton, aux artistes par les prosternements de son respect.

L'arrivée presque simultanée de M^lle Valentin et de M^me Gerbier des Joncs leur procura une occasion unique de montrer leur savoir-vivre. M^lle Valentin (de l'Odéon) était la favorite officielle d'un ministre d'hier, et M^me Gerbier des Joncs l'épouse légitime d'un ministre de tout à l'heure (peu importe qu'il obtînt en définitive les cultes, les postes, le travail ou l'agriculture). Louloute s'empara d'abord de M^lle Valentin, et lui assura en confidence qu'il est des chutes qui valent des triomphes; cependant que Duval entreprenait M^me Gerbier des Joncs, et l'adjurait de déterminer son mari à sauver la République ne fût-ce qu'en améliorant le service des téléphones. Puis il la repassa à Louloute, qui lui repassa M^lle Valentin, à laquelle il dit précisément ce que Louloute venait de lui dire, tandis que Louloute débitait à M^me Gerbier des Joncs le précédent compliment de Duval.

Mais M^me Gerbier des Joncs, accoutumée à n'être épouse de ministre que jusqu'à la publication des décrets exclusivement, recevait les compliments avec une prudente réserve. Sa froideur devenait communicative. L'arrivée, encore simultanée, de Maudru et de M. l'abbé Sauvage fit heureusement diversion. L'abbé se chargea de M^me Gerbier des Joncs, et Maudru, comme il fallait s'y attendre, de M<sup>lle</sup> Valentin.

Cependant, les badauds, riant de voir un abbé parmi cette assemblée de femmes, observaient, non sans esprit, qu'il n'y avait que sa soutane qui fût une robe, à proprement parler. Le bon M. Sauvage ne l'entendit point; mais Louloute l'entendit et fut gênée. Pour détourner encore l'attention, elle annonça à haute voix que ces demoiselles, c'est-à-dire les mannequins, allaient faire une partie de barres, d'après un tableau célèbre du temps. On forma le cercle autour d'un espace réservé où étaient tracés les limites des deux camps, et Duval s'avança sur le terrain pour juger les coups, peut-être même pour prendre part au jeu, comme Bonaparte.


## XV


M<sup>me</sup> Gerbier des Joncs, en dépit de sa réserve, s'était assise par instinct au premier rang. Les grandes familles républicaines comptent présentement trois ou quatre générations. C'est ce qu'il faut, selon les Anglais, pour obtenir un gentleman d'une semence plébéienne. L'on ne prétend point que tous nos hommes nouveaux se soient assimilé si vite les traditions et les belles manières de l'aristocratie : ils ont acquis du moins l'habitude de la place de faveur et du coupe-file. M<sup>me</sup> Gerbier des Joncs avait trouvé comme par hasard un fauteuil sous elle, quand les autres invités ne rencontraient que des chaises, et elle semblait présider. Elle déclara même la séance ouverte : à vrai dire, elle ne déclara rien, mais elle signifia, d'un sourire bienveillant et protecteur, qu'elle était prête à se laisser divertir et que le spectacle pouvait commencer. Elle porta en même temps devant ses yeux un face-à-main, dont elle n'usait que par cérémonie ou par insolence : car elle jouissait d'une excellente vue; elle apercevait les moindres détails, de près comme les myopes, de loin comme les presbytes, et à la distance normale comme tout le monde; bref, comme certains appareils de photographie, elle était toujours au point.

Elle daigna offrir une vice-présidence à cette duchesse que l'on appelle ordinairement « la bonne duchesse », qu'elle voyait près de se perdre modestement parmi la foule anonyme. Puis elle obligea M<sup>lle</sup> Valentin de s'asseoir à sa gauche, pensant devoir à cette favorite d'un ministre déchu les mêmes honneurs, révérence parler, que M. Fallières rend de loin en loin à M. Loubet. Enfin, elle cloua sur place d'un regard M. l'abbé Sauvage, qui s'apprêtait à faire retraite, de même que la bonne duchesse : il venait seulement de remarquer, au moment que toutes ces autres dames s'étaient reculées et assises, l'étrangeté des costumes de mannequins, mis en valeur par leur isolement; et il commençait de craindre que le spectacle qu'on lui proposait ne fût choquant pour un prêtre. Toute l'assemblée fit la même remarque en même temps et pour la même raison que lui, et il s'éleva un murmure flatteur, qui fut bien doux au cœur de Duval. Le grand artiste sentit que Tout-Paris rendait justice à la hardiesse et à la variété de son invention.

Douze jeunes filles étaient réunies, par six, dans les deux camps, et chacun de leurs costumes paraissait unique en son genre, malgré un certain air de famille dû au style, qui combinait exclusivement les modes françaises du Directoire avec les modes de tous les pays d'Orient depuis les temps les plus reculés jusqu'à nos jours.

Celle des douze vierges qui emporta d'abord tous les suffrages était la plus simplement vêtue. Elle n'avait guère plus de vêtements sur le corps que M<sup>me</sup> Hamelin, qui supprima la chemise, et que la Cabarrus, qui s'empressa de suivre l'exemple de M<sup>me</sup> Hamelin. Elle en avait même si peu, qu'elle semblait parée pour le sport de la natation plutôt que pour le jeu de barres. Son front, en revanche, était surchargé d'une telle masse de cheveux, que la proportion se trouvait rétablie et la pudeur sauvée : ils s'enroulaient, autour d'une armature invisible, comme un câble sur un cabestan, et formaient une espèce de mitre érigée vers le zénith; mais, si la demoiselle les avait dénoués, elle aurait pu, sans le moindre péril pour sa gloire, traverser la ville entière à pied, ou même à cheval, ainsi que lady Godiva.

Une autre avait la tête emmaillotée de bandelettes d'hermine, comme pour dissimuler d'affreuses blessures (c'est ce que Duval appelait *la coiffure à l'accident d'auto*). La gorge était serrée dans un casaquin de velours pistache, fort court, mais un peu moins court par devant que par derrière, d'où pendait, jusqu'à terre par derrière et par devant, et jusqu'au genou sur le côté, une tunique de gaze couleur safran, brodée au bas d'une grecque d'or.

Une troisième était si précisément accommodée comme les taureaux assyriens du Louvre, qu'il ne lui manquait plus que la barbe en pointe pour achever la ressemblance. Toutes les autres portaient culottes, soit les braies de nos ancêtres gaulois, ou le pantalon, évasé par le bas, des Mexicains, ou les caleçons ruchés de nos arrière-grand'mères du temps qu'elles étaient petites filles, ou les collants de casimir à sous-pied des gardes nationaux, ou les guêtres boutonnées des gardes françaises, et même le pantalon à pied de Louis XVIII. Ces pantalons-là, comme on peut voir, n'étaient point tous d'époque; mais les artistes trichent quelquefois, pour l'effet, et Duval se rattrapait sur les chapeaux : ainsi, la jeune personne qui était culottée à la Louis-Philippe corrigeait cet anachronisme au moyen d'une casquette de jockey à grande visière, en paille de deux couleurs, jaune bouton d'or et violet.

Un seul des douze costumes était décidément moderne et ne jurait point trop cependant avec les onze autres compositions : c'était un complet de tennis en flanelle blanche, le veston croisé, la chemise d'Oxford à col rabattu, et le bas du pantalon retroussé. La jeune enfant, heureusement fort svelte, qui hasardait cet ajustement, était coiffée d'un bonnet de pêcheur breton, en laine blanche tricotée, dont la pointe ornée d'une houppe lui retombait sur l'oreille droite.

Elle fut désignée pour commencer le jeu. Elle s'avança, en roulant un peu trop sur ses hanches, vers le camp ennemi, où six champions, en ligne de bataille, lui tendaient leurs mains droites. Elle frappa deux fois, timidement, dans toutes ces mains tendues, puis une troisième fois, pour la provocation définitive, dans celle du taureau assyrien (si toutefois l'on ose s'exprimer ainsi). Elle s'enfuit alors : le taureau la poursuivit à toutes jambes. Tous les combattants sortirent de leurs camps respectifs, et il y eut une brève mêlée, au cours de laquelle lady Godiva et la jeune fille aux bandelettes d'hermine furent faites prisonnières. On interrompit le jeu pour les placer, selon la règle, chacune à deux pas en avant du camp ennemi. Comme la partie allait reprendre, Gerbier des Joncs fit soudain irruption, en sueur, le chapeau et le mouchoir à la main.

Il se précipita vers sa femme, qui fut admirable, comme toujours : car elle pensa qu'il venait lui annoncer la formation du cabinet et qu'il n'en était point, et elle ne laissa rien paraître de son dépit. Mais il dit, d'une voix chevrotante.

— On m'offre la guerre !

— Ah ! fit-elle, sans s'émouvoir.

Elle ajouta cependant.

— A toi?

— C'est bien ce que je dis, repartit cet homme, quelquefois modeste.

— J'espère, s'écria M<sup>me</sup> Gerbier des Joncs, que tu n'as pas refusé?

— Je ne l'aurais pas fait sans te consulter, répondit ce mari docile. Mais je crains que les envieux ne doutent de mes aptitudes militaires et qu'ils ne se moquent de moi.

— Alors, dit-elle, tu voudrais voir à la guerre un général?

— Non, certes ! dit Gerbier des Joncs en se redressant.

— As-tu peur des responsabilités? fit M<sup>me</sup> Gerbier des Joncs, avec un accent cornélien.

Il lui assura que non, avec le même accent. Elle ne doutait point d'ailleurs qu'il ne fût parfaitement résolu d'accepter, ils ne se dupaient ni l'un ni l'autre, et ils ne délibéraient que par acquit de conscience; mais ils se demandaient avec anxiété si quelque péripétie n'allait point survenir bientôt, qui brusquât le dénouement.

Enfin, un taxi-auto s'arrêta devant la grille. Un homme d'âge en descendit, qui était en sueur comme Gerbier des Joncs, et qui avait de même son chapeau et son mouchoir à la main. C'était le nouveau président du Conseil, qui filait son futur ministre de la guerre depuis deux heures et qui venait le relancer jusqu'ici pour lui arracher une bonne réponse. Gerbier des Joncs ne la lui marchanda pas plus longtemps, et toutes ces dames, à commencer par la bonne duchesse et M<sup>lle</sup> Valentin, sans oublier les mannequins en culottes, lady Godiva ni le taureau, se mirent à pousser à l'entour des deux ministres et de l'épouse de l'un d'eux, des clameurs d'allégresse, ainsi que dans une sacristie.

Duval boudait :

— Quelle aventure ! Nous voilà dans le sixième dessous.

— Laisse donc, fit Louloute, en se drapant avec grâce dans son cachemire des Indes. C'est une excellente publicité. Regarde...

Des taxis arrivaient, encore des taxis, d'où débarquaient les reporters, qui avaient filé le président cependant qu'il filait Gerbier des Joncs. Ces nouvellistes pénétrèrent dans le jardin, sans être priés. Déjà trois objectifs braqués prenaient le *film;* et il ne semblait pas impossible que des représentations animées de cet épisode fussent offertes, dès ce soir, dans tous les cinématographes de Paris, aux badauds et amateurs de spectacles historiques.


## XVI


Le lendemain de la fête chez Louloute, Olivier Maudru alla déjeuner comme d'habitude chez les Durand de Lectoure. Il ne faisait pas un pas plus vite que l'autre, bien qu'il fût en retard, comme d'habitude. Il n'avait aucune hâte d'arriver. « Ça va être gai, aujourd'hui ! » se disait-il; et il généralisait : « La maison n'est pas fort gaie depuis quelques mois. » Le printemps, qui venait de naître, le faisait mal à propos songer à l'automne de M^me Durand de Lectoure. Jamais il ne s'était senti un goût plus vif pour la jeunesse d'autrui : c'est, hélas ! le signe certain que nous vieillissons personnellement.

Il s'arrêta devant un kiosque, où il voyait, à la première page d'un grand illustré quotidien, une représentation de la scène d'hier, et il admira le pouvoir de caricature de la photographie instantanée. Gerbier des Joncs, qui se précipitait en s'épongeant vers son épouse, avait l'air du soldat de Marathon, ou d'un membre du Racing Club qui vient recevoir le prix d'une course à pied. Louloute, en culotte, semblait esquisser une danse du ventre en l'honneur de l'athlète couronné, cependant que le double de Maudru, souriait, l'œil humide. Cet attendrissement lui parut un symptôme fâcheux de l'âge.

— Eh bien ! murmura-t-il, si Clémence a vu cela !...

Elle l'avait vu. Maudru la trouva, ainsi que Durand de Lectoure, en contemplation devant le grand illustré quotidien.

— Je ne vous demande aucun détail, lui dit-elle. Cette image me suffit.

Les deux hommes échangèrent quelques devis sur les miracles de l'information mo-

derne. Puis le maître d'hôtel annonça le déjeuner. Les hors-d'œuvre et l'omelette furent dévorés en silence. M^me Durand, absorbée, se livrait aux plus sombres réflexions. Le triomphe de Louloute la mortifiait d'autant plus qu'elle apercevait la liaison providentielle de cet événement avec la crise et avec la chute de Gerbaud, dont elle ne pouvait point se consoler. Elle craignait aussi de s'être lourdement trompée et d'avoir engagé Durand sur une fausse route.

— J'ai cru, se disait-elle, que l'on allait trop loin et qu'il fallait faire machine arrière pour être toujours en avant. M^me Gerbier des Joncs a fait juste le contraire, et c'est elle de qui le mari est ministre !

Clémence commençait à douter de ses convictions : c'est une angoisse affreuse, surtout quand il ne s'agit point de philosophie, mais de pratique et de réalité.

Sur ces entrefaites, le sénateur, qui ne semblait point à l'orage, tonna soudain contre sa femme et Maudru, les mettant, si l'on peut dire, tous les deux dans le même sac.

— Vous m'avez fait faire du joli, cria-t-il, en me poussant à défendre malgré moi un cabinet qui est tombé !

Clémence recouvra sur-le-champ sa confiance coutumière en soi, par esprit de contradiction. Elle ne daigna que hausser les épaules, mais Maudru récrimina :

— Ce n'est pas, j'imagine, pour me faire plaisir ni sur mon avis que vous avez soutenu le ministère? Je vous rappelle que j'ai insulté Gerbaud le jour précisément qu'il a déjeuné ici pour la première fois.

— Mais depuis, vous en raffoliez !

— Je ne nie pas qu'il ne soit charmant...

— Ni surtout qu'il n'ait une maîtresse charmante, dit le perfide sénateur, en jetant à sa femme un regard de côté.

— J'irai lui faire une visite de condoléance, dit par bravade Maudru.

— A M^lle Valentin? dit le sénateur.

— Ne vous dérangez pas, dit Clémence à Maudru. J'ai lu dans je ne sais quel journal que Gerbaud, écœuré, est parti dès ce matin pour la campagne.

— Il va pêcher à la ligne, dit Durand de Lectoure, comme presque tous les hommes d'État qui tombent.

— J'espère, dit Maudru d'une voix altérée, que M^lle Valentin ne fait pas la retraite avec lui?

— Pourquoi? dit M^me Durand de Lec-

toure, en assenant à son ami un regard soup-
çonneux.

— Eh bien, et ma pièce? dit Maudru.

— Ah! oui, dit-elle, j'oubliais.

Après un court silence, Durand tonna
encore.

— Si tu avais mieux conduit ma barque,
c'est probablement moi qui serais le chef
suprême de l'armée, au lieu de Gerbier des
Joncs.

— A Dieu ne plaise! repartit M$^{me}$ Durand
de Lectoure avec une ironie doucereuse.

La condition du nouveau ministre de la
guerre n'était pas, en effet, trop enviable :
il avait une mauvaise presse; tranchons le
mot : il était l'homme le plus ridicule de
France depuis vingt-quatre heures, et cela
ne laisse pas d'incommoder, bien que l'on
n'en meure plus. Durand, sa femme et leur
ami se regardèrent en souriant, comme des
paysans finauds qui s'entendent à la muette;
et il fut dès lors convenu entre eux, tacite-
ment, qu'on allait s'amuser aux dépens de
Gerbier des Joncs et de son épouse, dans
l'intimité du ménage à trois.

M. et M$^{me}$ Durand de Lectoure se char-
gèrent de dépouiller les gazettes et d'y
cueillir chaque matin les moindres notes con-
cernant le couple ministériel. Leur moisson
fut ample; car M$^{me}$ Gerbier des Joncs, qui
ne se gardait point du snobisme, ne se mou-
chait plus sans le faire annoncer. Le style de
ses communiqués était impayable, et lorsque
Durand lisait à haute voix, avec l'emphase
qui sied : « M$^{me}$ Gerbier des Joncs recevra les
généraux le mercredi », cette rédaction les
faisait pâmer davantage que la meilleure
légende de Forain. Mais Olivier Maudru,
vieux rat de bibliothèque, et qui avait la
manie du document, se blasa vite de ces
petits papiers contemporains : il entreprit de
rechercher les origines de la famille Gerbier
des Joncs, selon les méthodes scientifiques.

Il découvrit que le père du ministre socia-
liste avait tenu jadis, en son pays natal, à
Souillac, une succursale laïque et quasi clan-
destine du collège de jésuites fondé en cette
même ville l'an de grâce 1726. Les bons religieux repassaient au père Gerbier des Joncs
ceux de leurs élèves qui semblaient décidément trop bêtes pour atteindre au baccalauréat. Ces jeunes crétins étaient fort bien
traités à l' « Institution Sainte-Marie-des-
Anges ». Chaque élève occupait une chambre
séparée, et dans chacune de ces chambres,

un portrait, signé, de M. le comte de Chambord, faisait pendant à un portrait de Pie IX,
avec bénédiction et indulgence.

Toutefois, les aventures présentes de Gerbier des Joncs étaient encore plus réjouis-
santes que l'histoire ancienne de sa famille. Il
commit, dans le courant de la même semaine,
une gaffe vraiment admirable. Il envoya
par dépêche, au ministre de la guerre du pays
ami et allié, les compliments de l'armée française, à l'occasion de la mort du célèbre danseur Eprouhimow. On sait que le cumul et
la confusion des genres ne sont pas réprouvés
là-bas comme dans notre démocratie. Cet
Eprouhimow, qui avait étudié alternativement au Conservatoire et à l'École des Cadets,
était ensemble premier sujet des théâtres
impériaux et général de division. Mais il était
aussi en parfaite santé; il faisait une tournée
dans l'Amérique du Sud, et il télégraphia lui-
même, en réponse à l'intempestive dépêche de
Gerbier des Joncs :

« *Merci, pas mort, démentez nouvelle qui
cause plus grand tort à impresario.* »

Trois jours plus tard, un de ces importants
qui se mêlent de tout assura à Gerbier des
Joncs que le cinquantième anniversaire de
l'indépendance italienne était proche et qu'il
ferait bien de télégraphier à Rome.

— Ah! non, répondit-il. On ne me la fait
pas deux fois!

Maudru, qui venait de lire cette réponse
historique au ménage Durand et qui riait
encore, continua de parcourir le journal jusqu'au courrier des théâtres, où il vit que
M$^{me}$ Gerbier des Joncs achevait un drame
entrelardé de musique et destinait de le donner à l'Odéon. Il pâlit.

— C'est trop fort! dit-il. Elle me chipe
mon tour!

— Distribuera-t-elle un rôle à M$^{lle}$ Valentin? demanda le sénateur.

— Les scènes subventionnées, reprit Olivier Maudru, devraient être interdites aux
femmes de ministres... Surtout à la femme
du ministre de la guerre, qui s'y peut faire
jouer, en quelque sorte, *manu militari!*

— Je lui dois une visite, dit en se levant
M$^{me}$ Durand de Lectoure. Je vais au ministère
voir de quoi il retourne.

Ce n'était pas le jour officiel de M$^{me}$ Gerbier des Joncs, mais elle ne voulut point refuser sa porte à une si bonne amie. M$^{me}$ Durand de Lectoure fut introduite dans un salon
encombré de caisses, qu'un huissier défon-

çait à grands coups de marteau et de ciseau.

— Je m'installe, dit M^me Gerbier des Joncs de son air le plus supérieur. Je tâche à corriger la banalité de cet hôtel, j'y mets des bibelots à moi ; mais comme je ne me soucie pas de démeubler mes appartements de la rue Bonaparte, j'ai fait voiturer ici toutes ces caisses, qui étaient au grenier depuis des éternités. Je ne sais trop ce qu'elles contiennent : nous allons le voir ensemble.

Elle regretta dans l'instant même ces imprudentes paroles ; car l'huissier, qui venait enfin d'éventrer un des coffres, en tirait un, deux, trois, dix, vingt comtes de Chambord avec dédicaces, et des papes à n'en plus finir.

— Mais rentrez donc ça ! lui criait M^me Gerbier des Joncs furieuse.

— Je n'ai rien vu, chère amie, dit M^me Durand de Lectoure, je n'ai rien vu.


## XVII


M^lle Valentin avait obtenu jusqu'alors autant de congés qu'une sociétaire ou une pensionnaire de la Comédie, quoiqu'elle appartînt seulement au deuxième théâtre français. M. le directeur des Beaux-Arts, qui a de la délicatesse, ne voulut point se donner des airs de la traiter plus mal parce que le ministre de qui elle était la favorite venait de tomber, et il lui accorda six semaines de vacances afin qu'elle pût s'en aller pêcher à la ligne avec Gerbaud. Maudru, qui avait si fort redouté cette fugue, s'en réjouit au lieu d'en être dépité. Il s'étonna de son revirement, le voulut justifier, et comme il ne sait faire de psychologie que la plume à la main ou de vive voix, il en donna une explication à M^me Durand de Lectoure qui ne lui demandait rien.

— Le départ de M^lle Valentin ne retardera pas, dit-il, mes répétitions, qui ne doivent commencer que dans deux mois. J'irai lui porter son rôle et en bavarder avec elle à la campagne : ce sera une charmante partie.

Il s'étonna, en le disant, d'annoncer lui-même à la jalouse Clémence cette manière d'infidélité ; mais il n'était pas au bout de ses inconséquences, et comme il ne souhaitait rien davantage que d'entretenir M^lle Valentin tête-à-tête, il ajouta d'un ton presque suppliant :

— Est-ce que vous ne m'accompagnerez pas, chère amie ?

— Je ferais volontiers une visite à Gerbaud, répondit M^me Durand de Lectoure, non moins étonnée d'avouer si ingénument à Maudru l'inclination qu'elle sentait pour le ci-devant ministre des finances. Mais, reprit-elle, il me faudrait un prétexte : je ne veux pas avoir l'air de vous conduire par la main.

— N'avez-vous rien à lui demander ? dit Maudru.

Elle se rappela que, la veille, une parente pauvre avait fait apostiller par Durand une requête à l'effet d'obtenir un bureau de tabac. Le sénateur était fréquemment sollicité d'obtenir des bureaux de tabac : il échouait toujours, parce qu'il avait la naïveté de s'adresser aux ministres en exercice. Clémence s'avisa que Gerbaud, n'ayant plus le pouvoir, devait commencer d'avoir du crédit. Maudru écrivit à sa future interprète pour demander l'audience. M^lle Valentin répondit par une invitation à déjeuner, et n'osant prier par téléphone un écrivain de cette valeur, elle lui fit une lettre comme les femmes n'en savent plus tourner depuis environ trente ans. Maudru fut transporté d'admiration, touché aux larmes, et se promit de ne montrer à personne ce ravissant billet : il s'empressa de le faire voir à Clémence, qui l'apprécia ; après quoi, il le serra si bien dans un de ses tiroirs, qu'il ne le trouva plus quand il voulut le relire et le baiser.

Il n'eut point, de toute la semaine, d'autre sujet de conversation avec M^me Durand de Lectoure que cette expédition qu'ils devaient faire ensemble à l'ermitage de Gerbaud et de M^lle Valentin. Deux écoliers qui délibèrent du lundi au samedi sur l'emploi de leur dimanche, ne disent pas plus de paroles inutiles, et nos arrière-grand'mères, pour qui c'était un aria d'aller jusqu'à Pontoise, s'y aventuraient avec moins de préparation. Ils sentaient bien tous deux, mais non sans plaisir, le ridicule de ces façons puériles ou surannées ; d'autant que la retraite de l'ex-ministre était à la portée de la main. Gerbaud, qui n'était point Parisien de naissance, n'avait pas de superstition contre la banlieue ; il savait aussi qu'on n'a pas besoin de fuir au bout du monde pour se mettre à l'abri des fâcheux. Pour satisfaire ensemble son goût de la solitude et de la pêche, il avait loué, puis acquis, une île de la Seine, non loin de Médan, où un précédent propriétaire avait construit un chalet, qui était suisse par le dehors et disposé à l'intérieur comme un bateau. Les pièces, lambrissées d'acajou et reluisantes de cuivre, étaient toutes petites, les lits étaient en même temps des armoires, et les moindres meubles étaient à plusieurs fins. M<sup>lle</sup> Valentin, avec une grâce un peu pédante, appelait cette cabine à compartiment « notre ajoupa ».

Maudru s'était flatté d'aller jusqu'au bord de l'eau en automobile; mais M<sup>me</sup> Durand de Lectoure voulut prendre le chemin de fer, pour deux raisons. Premièrement, elle craignait de désobliger ses hôtes, qui ne possèdent point encore de voiture; et deuxièmement, elle pensait devoir, à l'occasion, voyager sur les lignes de l'Ouest, pour ne point désavouer son mari qui a voté le rachat. Elle fit même scrupule de gronder, quand le train partit en retard de trente-cinq minutes, et chaque fois qu'il s'arrêta en pleins champs par un caprice du mécanicien. Elle ne dit point que l'État est un industriel incapable, et elle imposa silence à Maudru, qui faisait à ce propos des plaisanteries trop faciles et déjà usées.

Pour passer le temps, elle considérait patiemment le paysage. Les arbres fruitiers étaient couverts de petites fleurs blanches ou roses, d'autres arbres étaient nus comme en plein hiver. Ce contraste l'émut. Elle sentait de la joie et de la mélancolie, comme une grisette qui fait avec un aimable jeune homme sa première escapade de la saison. Elle tourna les yeux vers Maudru et lui jeta un regard tendre pour le remercier d'être là. Puis elle éprouva un besoin de lui confier qu'elle se réjouissait de voir Gerbaud tout à l'heure. Elle ne comprenait rien à cette envie impertinente qui lui venait de se trahir, et pour comble de bizarrerie, c'est à Maudru qu'elle pensa en demander l'explication ! Elle se retint, mais elle lui jeta un regard naïvement interrogant.

Maudru, qui était à cette minute en parfaite correspondance avec elle, sentait comme un étudiant, de même qu'elle sentait comme une grisette. Il était agacé par le printemps, il n'aurait voulu pour rien au monde que sa Clémence ne fût point là, et il brûlait de lui confier qu'il aurait le plus grand plaisir à voir l'autre tout à l'heure; mais il aperçut à son tour l'impertinence de cette confession. Il ne put toutefois se tenir de prononcer comme par hasard le nom de M<sup>lle</sup> Valentin, M<sup>me</sup> Durand de Lectoure prononça celui du ministre. Ils

parlèrent de ce ménage irrégulier mais heureux, puis des liaisons en général, et arrivèrent par ce biais à parler d'eux-mêmes, sans avoir l'air d'y toucher.

— Que les romanciers du dernier siècle, dit Maudru, ont mal étudié, arbitrairement défini le phénomène, si fréquent, de l'habitude amoureuse ! Ils prétendent toujours que deux amants, dont la relation s'éternise, se haïssent de ne pouvoir rompre. Cela n'est point vrai; du moins, cela n'est pas nécessaire. Lorsque l'amour survit sa première période héroïque, où les deux amants sont comme fondus en une seule personne, ils redeviennent sans doute, à la longue, séparés et distincts. Doivent-ils, pour cela, se haïr? On pourrait soutenir sans paradoxe qu'ils ne furent jamais en meilleure condition pour s'aimer au véritable sens du mot; car, pour s'aimer, il faut être deux.

M<sup>me</sup> Durand de Lectoure comprit soudain qu'elle aimait Maudru au véritable sens du mot, et qu'il lui rendait la pareille.

— Croyez-vous, dit-elle après un temps, que Gerbaud et M<sup>lle</sup> Valentin aient passé la période héroïque?

Il ne répondit point et haussa légèrement les épaules pour témoigner que cela était bien indifférent. Elle sourit.

— Pourquoi souriez-vous? dit-il.

— C'est, dit-elle, que nous avons encore trouvé moyen de parler amour : vous vous éleviez jadis contre cette manie, et vous vous moquiez des gens du monde qui donnent une place disproportionnée à l'amour dans leurs entretiens.

— J'avais bien tort, dit Maudru. De quoi parlerait-on? Les hommes du monde ou qui n'en sont point, civilisés ou sauvages, ne pensent (comme ils n'ont jamais pensé et ne penseront jamais) qu'à trouver leur pâture et à propager leur vie.

... M<sup>me</sup> Durand de Lectoure baissa la vitre et fit un grand geste aimable à Gerbaud et à M<sup>lle</sup> Valentin, qu'elle apercevait, en costumes villageois, sur le quai de la petite gare où le train venait de s'arrêter.


XVIII


Le visage ni le style de la toilette n'indiquent plus aujourd'hui l'âge des femmes, ou même des hommes, mais d'autres signes le trahissent. Par exemple, les gens qui présentent encore quelques vestiges de politesse, vous pouvez gager à coup sûr qu'ils ne sont pas du dernier bateau. M<sup>me</sup> Durand de Lectoure savait réparer l'outrage des ans, au point de s'y tromper elle-même quand elle se regardait dans la glace; mais elle avait l'imprudence de pratiquer la civilité puérile et honnête, et elle publiait ainsi son acte de naissance. Elle faisait des frais. Dès qu'elle eut franchi le seuil de la gare, elle crut devoir féliciter ses hôtes et les remercier de la beauté du lieu, comme si l'ancien ministre des finances et la pensionnaire du deuxième Théâtre-Français eussent collaboré effectivement à l'œuvre du Créateur, et fait surgir de terre, pour le plaisir de leurs invités, des arbres de cent ans et plus. Elle témoigna une joie d'enfant quand elle dut monter en bateau : à quoi elle devait s'attendre, vu qu'il n'y a pas d'autre moyen de passer dans une île, quand les ponts manquent. La vue de l' « ajoupa » redoubla son enthousiasme, et elle se mit à pousser de petits cris. Gerbaud et M<sup>lle</sup> Valentin souriaient, plus calmes, mais au fond très flattés. Olivier Maudru, qui avait l'élocution moins facile que Clémence, répétait machinalement, toutefois avec émotion :

— C'est charmant ! C'est charmant !

Sans en avoir l'air, M<sup>me</sup> Durand de Lectoure se modérait : elle réservait ses meilleures épithètes pour le déjeuner, qu'elle était fermement résolue à approuver de bout en bout. Ce parti pris de louer ne coûta pas le plus petit effort à sa sincérité naturelle : car tout fut, à la lettre, parfait. D'abord, le couvert se trouva mis sous un gigantesque sophora qui ombrageait un bon tiers de l'îlot, qui était, de surcroît, pleureur, et dont les rameaux, traînant sur le sol, y formaient un tapis champêtre. La table était chargée de naïves faïences bretonnes et la nappe tissue de fil rouge. Le service était fait par un véritable matelot et par une vieille rébarbative, qu'on eût intitulée, au presbytère, « la nièce de M. le curé », chez une demi-mondaine, « la mère de Madame », et qui, chez un homme politique récemment venu de sa province, ne pouvait être qu'une ancienne nourrice, promue à l'emploi d'intendante, de providence et de chien de garde.

Cette personne vénérable servit des œufs à la coque si frais, d'un lait si blanc, si pur, qu'il semblait que l'on dût être en état de grâce pour se permettre d'en tâter. M<sup>me</sup> Durand de Lectoure et Maudru attendaient après cela, espéraient peut-être, une friture de goujons ou une matelote. Ce ne fut ni l'un ni l'autre, mais ils ne perdirent pas au change; car ils se régalèrent de tanches, dont la chair était moelleuse à miracle, et la peau épaisse, rissolée, toute pénétrée de beurre, croustillante comme un gâteau. Lorsque ensuite parut le lapin sauté, Clémence fit un retour sur elle-même. Elle songea, avec confusion, à sa propre table, où les mets étaient toujours exotiques, et elle se demanda sérieusement si elle ne manquait pas à un de ses plus essentiels devoirs de Française en se nourrissant comme elle faisait, si Gerbaud ne lui donnait pas une ingénieuse leçon de patriotisme par le moyen de ce lapin saut.

La vieille servit pour finir d'excellente charcuterie de campagne, dont les convives, rassasiés, ne firent guère que s'amuser, mais qu'ils ne méprisèrent point. Puis elle posa sur la table un vaste plateau couvert de toutes sortes de fromages, auxquels on ne toucha qu'afin de pouvoir goûter d'un peu de vin de Bourgogne : le reste du repas avait été arrosé de cidre. L'on se garda de quitter la table et l'ombre du sophora pour prendre le café, qui fut ce qu'il n'est qu'en France. M<sup>me</sup> Durand de Lectoure se renversa contre le dossier de son fauteuil rustique et assura qu'elle se sentait meilleure, tout en s'excusant d'employer une locution si banale, mais juste. M<sup>lle</sup> Valentin et Gerbaud parlaient de moins en moins, ils souriaient toujours, et Maudru continuait de répéter :

— C'est charmant ! C'est charmant !

Les Parisiens avaient ordonné, lors de la correspondance préliminaire, que le ménage ne changerait rien pour eux à ses habitudes campagnardes. Cependant, l'ancien ministre se fit longtemps prier pour allumer sa pipe calebasse; mais il prit, à la première réquisition de Clémence, son attirail de pêche, et fut s'asseoir sur un banc de mousse, au fond d'une petite crique bien abritée, qui était sa place ordinaire. M<sup>me</sup> Durand de Lectoure le suivit, après avoir donné congé à M<sup>lle</sup> Valentin et à Maudru.

— Ils ont à causer, dit-elle.

L'illustre écrivain et l'artiste n'abusèrent point de cette complaisance. Ils ne s'en allèrent pas trop loin et demeurèrent bien en vue.

— Faites comme si je n'étais pas là, dit la

femme du sénateur au ci-devant ministre des finances. Je serai sage. Ne me parlez pas.

Elle ajouta, en rougissant :

— J'ai apporté mon ouvrage.

Et elle tira de son réticule un étrange petit rond de dentelle. Elle rougissait, parce que ce rond datait d'avant son mariage, et elle craignait de ne plus savoir manier un crochet. Elle répéta :

— Chut !

Mais Gerbaud était aussi poli que M<sup>me</sup> Durand de Lectoure, d'autant qu'il se méfiait de sa première éducation ; et souvent il en faisait trop, crainte d'en faire trop peu. Il ne concevait point que l'on reste assis à côté d'une femme du monde sans lui adresser la parole : il engagea Clémence à dire sans fausse honte ce qu'elle était venue solliciter.

— Un bureau de tabac, dit-elle.

Il repartit qu'il n'était plus ministre. Elle soupira :

— Regrettez-vous le pouvoir ?

— Ah ! Dieu ! non. Je suis écœuré.

— Comme je vous comprends !

Ils tombèrent d'accord que la France a besoin d'un gouvernement à poigne, mais ne l'aura pas demain. Puis ils parlèrent, avec quelque nonchalance, de la politique générale. Cette conversation n'était pas précisément celle que M<sup>me</sup> Durand de Lectoure eût souhaitée ; mais elle se disait, pour se consoler, que c'est le ton qui fait la chanson.

Et elle regardait à la dérobée M<sup>lle</sup> Valentin, Maudru, dont les propos n'étaient pas sans doute plus frivoles, à juger par leurs physionomies.

M<sup>lle</sup> Valentin, en effet, parlait à Maudru de l'Odéon. Elle était fort attachée à ce théâtre, et le jour qu'un jeune conférencier y avait malmené Racine, elle avait reçu au cœur une blessure qui ne se cicatrisait plus. Elle avoua cette plaie secrète à Maudru, du même ton que le fils du grand-prêtre, dans *Athalie*, dit à Josabet : « Le temple est profané ! » Cette superstition, cette souffrance touchèrent infiniment Maudru. Mais M<sup>lle</sup> Valentin avait le tort d'appeler toujours Racine « le tendre Racine ». Maudru lui protesta que Racine est surtout humain, entièrement dépourvu de fadeur, et le plus libre écrivain de langue française avec Saint-Simon. Il lui apprit encore que les personnages du grand siècle n'étaient pas des mannequins porteperruque, mais de vrais hommes, qui avaient même un peu plus de tempérament que nous.

M<sup>lle</sup> Valentin l'écoutait avec docilité ; il avait l'air de lui faire la classe ; mais il ne haïssait pas un rien de pédanterie, et il savait bien que l'enseignement peut être, à l'occasion, un des plus jolis travestissements de l'amour.

Tout en professant d'une voix caressante, il détournait hypocritement les yeux ; et il apercevait son image reflétée dans l'eau calme de la Seine. Il ne la considérait pas avec le même amour-propre que Narcisse ; mais enfin, elle ne lui faisait pas horreur ; et comme il appartient à la précédente génération de gens de lettres, qui ne sont pas encore des illettrés, il murmurait :

*Nec sum adeo informis, nuper me in littore vidi.*

Il traduisait familièrement ce vers de Virgile :

— Allons, allons, je ne suis pas si mal que ça.

Il lança un regard d'intelligence à M<sup>me</sup> Durand de Lectoure ; il était bien aise qu'elle ne fût pas trop loin.

Mais il apprécia surtout l'agrément de sa compagnie quand l'heure du retour eut sonné et qu'il se retrouva tête-à-tête avec elle dans le wagon. Il ne regrettait point que cette belle journée fût finie : si le bonheur durait toujours, nous serions privés des jouissances du souvenir. Il éprouvait de la mélancolie, mais saine et forte. Il était content de lui-même : il sentait obscurément qu'il avait été raisonnable, qu'il avait su profiter des délices qui lui étaient offertes, mais qu'il était en quelque sorte resté sur son appétit. Il regarda avec confiance M<sup>me</sup> Durand de Lectoure qui n'avait pas sujet de le gronder.

Elle lui sourit encore, mais elle ne lui dit rien : les paroles étaient superflues, ils s'entendaient autrement ; jamais ils ne s'étaient sentis plus unanimes, plus nécessaires l'un à l'autre, — et cependant, point suffisants : qu'est-ce donc qui leur manquait pour être tout à fait bien ? Ils le surent quand ils arrivèrent à l'hôtel Durand de Lectoure, juste à l'heure du dîner, et quand le sénateur, prenant place avec eux dans le « triclinium » (c'est le mot propre), leur dit avec indulgence :

— Racontez-moi vos folies.


## XIX

Il arriva, à peu de temps après, M<sup>me</sup> Duval légitime, un accident de la dernière banalité. Cette femme n'est pas de son siècle : elle entreprit de traverser l'avenue des Champs-Élysées à quatre heures de l'après-midi; elle fut heurtée à gauche par un taxi-auto, qui la jeta sous un autobus à droite; elle avait cessé de vivre quand on la releva. Cet accident n'eut de suites fâcheuses que pour elle. Duval ne le considéra que du point de vue du veuvage, et courut annoncer à Catherine que l'on allait pouvoir enfin régulariser la situation.

Catherine témoigna de la joie, par politesse, mais fut bien étonnée à part soi de n'en éprouver aucune. Elle fit un rapide examen de conscience et s'aperçut, avec encore plus d'étonnement, qu'elle était blasée du mariage civil. Elle se félicitait avec cela de ne pouvoir pas épouser Duval religieusement, faute d'être baptisée; et elle s'avoua que, pour une raison ou pour une autre, elle ne tenait pas à mettre de l'indissoluble dans cette quatrième union-là. Cependant, comme elle est inconséquente, elle résolut de hâter son baptême, pour se rendre habile au sacrement de mariage le jour où le cœur lui en dirait, et elle adressa un appel pressant à M. l'abbé Sauvage. Elle eut, d'autre part, une recrudescence du sentiment de la famille, et jugea l'occasion favorable pour se réconcilier avec ses parents. Elle écrivit à sa mère : « J'épouse Jules », et lui demanda la permission de venir, sous peu, lui confirmer cette nouvelle de vive voix.

M<sup>me</sup> Durand de Lectoure et Catherine se ressemblaient comme une mère et une fille. Elles étaient toutes les deux du même type, et c'est probablement pour ce motif qu'elles étaient brouillées la plupart du temps. Clémence fit la même moue et le même sourire sceptique, en apprenant le mariage de sa fille, que sa fille avait faits en l'apprenant elle-même. Elle songea que c'était une formalité sans importance, et n'en fut point fâchée, car elle détestait le Duval plus que jamais. Elle s'étonna un peu, à son tour, de sentir et de penser au rebours de toutes ses doctrines; mais elle éprouva aussi qu'elle était mère et bien aise de pouvoir rouvrir sa porte à sa fille unique, dont l'existence redevenait correcte. Elle écrivit à Louloute une réponse affectueuse, et Louloute fit dès le lendemain sa visite officielle de réconciliation. Clémence, pour éviter une scène trop apprêtée ou trop pathétique, n'avait point avisé son mari ni Maudru. La mère et la fille s'abordèrent

comme si elles s'étaient vues sans aucune solution de continuité, et elles commencèrent par s'entretenir de choses tellement indifférentes qu'il est superflu de les relater. M<sup>me</sup> Durand de Lectoure dit enfin :

— A propos, est-ce que vous comptez revenir demeurer à la maison?

— Non, répondit Catherine avec son habituelle netteté. Jules est parti d'ici sans esprit de retour, et je ne me soucie pas de l'y ramener; mais, si tu veux bien me réserver mon appartement, à tout hasard, tu me feras plaisir. Je ne dis point que je n'y reviendrai pas de temps à autre, toute seule, me retremper dans mes souvenirs.

— Ce n'est pas ça qui te manque, tu n'as que l'embarras du choix, répliqua gaiement M<sup>me</sup> Durand de Lectoure.

Louloute a le même genre d'esprit que sa mère : elle trouva cette plaisanterie impayable. Sitôt qu'elle eut fini d'en rire, elle se mit à parler de sa maison de couture fort raisonnablement : c'est une femme de tête. M<sup>me</sup> Durand de Lectoure, qui avait souffert dans son cœur bourgeois de voir une Durand couturière, changea subitement d'opinion et se prit d'un grand intérêt pour les affaires commerciales de sa fille. Elle demanda des détails techniques, qu'elle écouta d'un air de compétence. Vers la fin, elle tourna à l'enthousiasme et promit sa clientèle à Louloute, qui manifesta une reconnaissance et une joie presque puériles.

— Je te ferai aussi tes chapeaux, dit l'enfant : nous nous mettons aux modes. Par exemple, j'inventerai tes modèles moi-même; car toi, tu as du goût, tu ne voudrais pas des horreurs de Jules.

M<sup>me</sup> Durand de Lectoure fut extrêmement flattée. Mais cette conversation touchante ne pouvait s'éterniser : Louloute avait des essayages. Elle s'arracha.

— A propos, dit-elle (sur le palier), il va de soi que je ne t'invite pas à la cérémonie.

— Quelle cérémonie? dit M<sup>me</sup> Durand de Lectoure, qui n'y était plus.

— Eh bien, mon mariage !

— Ah ! oui...

— Il n'y aura point de gala, reprit Louloute. J'estime qu'on ne doit se marier solennellement qu'une fois. Ou bien alors, il faudrait changer de quartier. Mais j'ai déjà mis la maison du seizième sens dessus dessous et mobilisé Chevillard à trois reprises, en voilà assez. Non : papa m'enverra son consentement, par écrit, et nous irons un matin, je ne sais pas quel jour, mais de très bonne heure, à la municipalité, où les premiers venus nous serviront de témoins. En rentrant, je te téléphonerai : « Ça y est. »

Mme Durand de Lectoure ne fut pas médiocrement fière d'avoir fait une fille, dont le bon sens et le tact ne lui laissaient rien à désirer. Catherine chargea sa mère d'embrasser le sénateur et jugea convenable de faire, immédiatement après, une allusion à Maudru.

— Tu sais, dit-elle, que le *maître* doit venir un de ces jours à la maison, avec Mlle Valentin, pour arrêter les costumes de la pièce? Mon nom sera sur l'affiche !

— Ah ! fit, sans plus, Mme Durand de Lectoure, mais d'une voix chantante.

Le jour que les Duval se marièrent fut « un jour comme les autres »; à telles enseignes que Louloute ne contremanda même pas l'abbé Sauvage, qui lui avait annoncé sa visite justement pour ce jour-là. Elle rentra seulement un peu en retard, dont elle s'excusa avec une grande simplicité.

— Je vous demande pardon, monsieur l'abbé, dit-elle, c'est la faute de l'adjoint. Cet idiot a cru devoir nous adresser un speech. Tels que vous nous voyez, nous venons de nous unir par le mariage.

L'abbé s'inclina en guise de félicitation, mais sans dire un mot, pour ne pas se rendre complice d'une action qu'il réprouvait. Duval, légèrement piqué, se retira.

— Monsieur l'abbé, dit Louloute à brûle-pourpoint, j'ai hâte de recevoir le baptême.

— Vous l'avez reçu, dit le bon prêtre en souriant.

— Comment cela?

— Si nous en croyons saint Ambroise, celui qui sollicite est censé avoir reçu.

— Ah ! tant mieux, dit Louloute. Vous permettez?... (Elle décachetait cependant son volumineux courrier, lettres privées, commandes, catalogues.) Tant mieux, reprit-elle, car je suis bien pressée. Je pense à une chose : si vous me baptisiez tout de suite, et si vous m'instruisiez après? Je suis dans le même état d'innocence que l'enfant qui vient de naître, du moins au regard de l'histoire sainte, qu'on ne m'a jamais apprise. N'est-ce pas là une condition excellente et ne pourriez-vous me baptiser sans délai?

— Ce zèle, répondit l'abbé, est édifiant, et je vois que la grâce vous touche. Je n'ai malheureusement pas le droit de satisfaire votre

généreuse envie. Vous confondez innocence et ignorance. L'usage constant de l'Église est de n'administrer le baptême aux adultes qu'après une catéchèse préalable. Vous m'objecterez sans doute qu'aux premiers siècles du christianisme, les conversions s'opéraient avec moins de formalités, et que, par exemple, l'officier de la reine Candace fut catéchisé en voiture et baptisé dans le premier cours d'eau qui se rencontra...

— J'ai vu ce nom-là quelque part, dit Louloute, pensive.

— *Actes des apôtres*, *VIII*, 26-39, dit l'abbé.

Mais ce n'est pas dans les *Actes* que Louloute avait fait connaissance avec l'officier de la reine Candace : c'est dans l'*Ingénu*, de Voltaire. Elle allait le dire à l'abbé quand Mme Durand de Lectoure survint. La mère et la fille s'embrassèrent avec effusion.

— Je te ferai visiter la boîte quand l'abbé sera parti, dit Catherine. Mais on peut toujours te montrer les modèles, ça ne nous dérangera pas, assieds-toi.

Elle toucha un bouton, et les mannequins firent leur entrée. Ces jeunes personnes, avec leurs costumes exotiques et surannés, ne ressemblaient pas mal à des officiers de la reine Candace, et leur vue, en effet, ne divertit point Louloute, qui continua de vouloir persuader au prêtre qu'il la devait baptiser d'urgence.

Comme elle avait accoutumé de toujours faire cinq ou six choses à la fois, elle feuilletait, en même temps, des catalogues.

— C'est trop fort ! s'écria-t-elle. Ils nous chipent toutes nos idées !

Et elle fit admirer à sa mère un chapeau, en forme de bonnet d'âne exactement, qu'elle était très fière d'avoir inventé, mais qu'elle avait la mortification de voir coté 26 francs au Bon Marché, au Louvre et aux Galeries.

— Alors, monsieur l'abbé, reprit-elle sans transition, si je mourais subitement?

— Dieu vous tiendrait compte de votre désir et des circonstances indépendantes de votre volonté.

— Couche-culotte... murmura Louloute (car elle feuilletait maintenant le catalogue des layettes).

Et elle se demanda de nouveau, par suite d'une association d'idées, si ce n'est pas décidément en jupe-culotte qu'elle devait marcher au baptême.

## XX

La leçon de catéchisme fut interrompue par une rentrée de Jules Duval. Il venait d'apprendre que M^me Durand de Lectoure était là, et il éprouvait le besoin de lui témoigner de la tendresse, en l'appelant « belle-mère ». Louloute jugea cette manifestation déplacée : elle n'est pas sensible, et elle a de la logique. Elle regarda son nouveau mari de travers. « Quel serin ! se dit-elle. Qu'y a-t-il de changé entre maman et lui depuis ce matin, ou même entre lui et moi ? » Elle se rappela cependant que, chacune des précédentes fois qu'elle s'était mariée, elle avait cru elle-même à cette sorte de changement brusque et miraculeux, et elle se demanda, avec un peu d'inquiétude, pourquoi cette fois-ci elle n'y croyait point.

Elle n'eut pas le loisir de pousser son examen de conscience plus avant; car Olivier Maudru et M^lle Valentin, qu'elle attendait un de ces jours, mais pas précisément aujourd'hui, survinrent, accompagnés de Gerbaud qu'elle n'attendait point aujourd'hui ni un autre jour. Cette surprise lui causa un plaisir si grand qu'elle ne pouvait se l'expliquer que par un commencement d'inclination pour le ci-devant ministre. « Eh bien, après? se dit-elle, de mauvaise humeur. Il est très sympathique ! » Elle observa que M^me Durand de Lectoure avait rougi, et pensa que cela est ridicule à un certain âge. Elle décida que M^lle Valentin et Maudru étaient du dernier bien ou peu s'en faut; elle jeta un regard furieux à sa mère (avec qui elle venait de se réconcilier), et murmura : « C'est bien fait. »

Cependant, les personnes déjà présentes et les nouveaux venus remerciaient à grands cris le hasard ou la Providence qui les réunissait. Tout ce bruit agaça les nerfs de Louloute; elle coupa la parole à Maudru, qui la félicitait d'être mariée; et elle pria M^lle Valentin de lui donner, sans plus de préambule, un rapide aperçu de la pièce qu'il s'agissait d'habiller.

— Au premier acte, dit M^lle Valentin, je reçois, dans mon salon, un salon très modeste, très bourgeois...

— Pardon, fit Louloute, de qui est le décor? De Jusseaume ou de Paquereau?

— Il est d'Amable, dit Maudru.

— Ah !... dit Louloute, avec profondeur.

— Un charmant décor, mais sans le moindre luxe, et naturellement ma toilette...

— Je vois... fit Duval.

— Tu ne vois rien, lui dit Catherine, avec une hauteur de mépris qui attesta que depuis deux heures Duval était un mari tout de bon. Tu n'as rien à voir. Tu dessineras, s'il y a lieu (et encore), mais sur mes indications.

— Comme tu voudras, répondit le Duval avec une philosophie de mari. Mais tu ne m'empêcheras pas de dire que je voyais là du *météore aubergine*.

Cette locution bizarre arracha un petit hoquet à M. l'abbé Sauvage, qui s'en excusa comme d'une incongruité.

— Du météore aubergine ! s'écria Louloute avec encore plus de mépris. Le goût des hommes !... Du drap ! Je dis : du drap. Un tailleur de drap soufre avec parements de satin vert aux manches et au col, le fourreau très étroit, fendu depuis mi-jambe d'un seul côté, les bas de dentelle de Venise teints en vert, un soulier d'or et l'autre soulier d'argent.

L'auteur et l'interprète échangèrent des regards désolés.

— Cela, dit Maudru, sera sans doute ravissant. Mais, ajouta-t-il avec timidité, prenez garde, ma chère Catherine : le public, depuis quelque temps, semble résolu de huer les pauvres comédiennes qui exhibent des toilettes trop singulières ou en contradiction trop évidente avec leur personnage.

— Le public, repartit Louloute implacable, ne va plus au théâtre que pour les toilettes. Vous auriez tort de négliger cet attrait : je ne connais pas votre pièce, mais je la soupçonne d'être dangereusement littéraire... Qu'en dis-tu, maman?... Et vous, monsieur le ministre?

M^me Durand de Lectoure et Gerbaud causaient avec animation, et cet aparté irritait Louloute. Clémence n'entendit même point la question que sa fille lui posait ! Mais Gerbaud est toujours à la conversation, même quand il sommeille. Il répondit qu'il partageait le sentiment de Maudru, et que cela serait sans doute ravissant, peut-être même avec excès. Louloute n'était pas d'humeur à lui céder en ce moment : elle répondit sèchement qu'on se rattraperait en faisant un peu plus de simplicité au deuxième acte.

— Oui, dit avec empressement M^lle Valentin. C'est justement l'acte du rendez-vous. Je me cache, donc ma toilette doit passer inaperçue.

— Le rouge est tout indiqué, dit Catherine.. Un garance vif. Tout uni, ou peut-être avec des pois blancs. Encore le fourreau, bien entendu, mais le fourreau à très longue queue. C'est une invention de moi, ma dernière pensée... Le chapeau?... Le chapeau... forme Premier Consul, avec l'immense panache tricolore; mais nous remplacerons la cocarde par un oiseau de paradis.

Maudru et M<sup>lle</sup> Valentin étaient, à la lettre, consternés. Le maître essaya de s'en tirer par une plaisanterie.

— Devons-nous choisir le garance pour ne pas tirer l'œil, dit-il, à l'instant même où monsieur le ministre de la guerre y renonce pour ce motif?

— Je ne peux pourtant pas, dit Louloute, vous offrir du réséda ou du cachou !

On ne saurait prononcer le nom du ministre de la guerre sans évoquer M<sup>me</sup> Gerbier des Joncs. Elle parut soudain, comme un petit diable qui sort d'une petite boîte. Elle se multipliait alors et se montrait partout, pour assurer à la terre entière qu'elle était parfaitement tranquille et que tout allait le mieux du monde. De vrai, elle avait quelques ennuis, son mari également. Il avait dû, la mort dans l'âme, envoyer des troupes à Tours, qui se révoltait parce qu'on prétendait l'exclure de la Touraine délimitée. Il avait bien recommandé aux soldats de ne faire aucun usage de leurs armes. Il avait fait la même recommandation aux émeutiers, qui n'en tenaient aucun compte. Comme les soldats seuls, en conséquence, étaient tués ou blessés, il appelait quand même cela « éviter l'effusion du sang »; mais il craignait toujours que les gens qui cherchent midi à quatorze heures ne relevassent l'impropriété de cette expression. M<sup>me</sup> Gerbier des Joncs était chargée de faire face : elle courait les salons. Elle avait l'excellent prétexte de féliciter Catherine sur son mariage. Catherine la remercia de ses compliments et de sa visite, mais ajouta naïvement :

— Je ne sais pas ce qu'ils ont tous à me congratuler depuis ce matin. Moi, je ne sens pas de différence entre aujourd'hui et hier.

— Parbleu! dit en riant Maudru. La formalité d'enregistrement à laquelle vous venez de procéder est nécessaire pour le bon ordre. Mais monsieur le maire, même ceint de son écharpe, est un homme fait comme les autres, et ses paroles n'ont point de vertu sacramentelle. N'est-ce pas, l'abbé?

— Je suis absolument de votre avis, dit M. l'abbé Sauvage en faisant une petite inclination.

— Nos bons bourgeois, poursuivit Maudru, croient positivement à l'efficace du mariage civil. C'est un de leurs ridicules les plus divertissants.

Catherine rougit, car elle avait cru plus que personne à l'efficace du mariage civil; mais elle fut bien aise de sentir qu'elle n'y croyait plus.

— J'en trouve, reprit Maudru, un exemple bien amusant dans la pièce d'Émile Augier intitulée *Madame Caverlet*. Cette M<sup>me</sup> Caverlet, abandonnée par un mari misérable, vit honnêtement avec un M. Caverlet qui est un héros de vertu. Tout le monde les croit mariés, à commencer par le fils de la dame, que Caverlet a élevé avec le plus admirable dévouement. Cependant, quand le fils apprend par hasard qu'il n'y a point mariage légitime, il traite comme un simple gredin l'homme excellent auquel il doit tout : il lui rend d'ailleurs son affection et sa reconnaissance dès que la situation peut être régularisée. Cette comédie fut fort discutée en son temps; mais personne ne s'avisa que les revirements du fils étaient à pouffer de rire.

— Qu'allons-nous faire pour le trois? dit Louloute à M<sup>lle</sup> Valentin, afin de détourner la conversation.

— C'est l'acte du pardon, dit M<sup>lle</sup> Valentin.

— Alors des fourrures ! s'écria Louloute inspirée. Des fourrures ! Et un turban, mais sans aigrette.


## XXI


Olivier Maudru vivait dans un rêve, depuis que sa pièce était en répétition. Un début à n'importe quel âge est un recommencement de la vie. Il goûtait les joies, les surprises et, dans une certaine mesure, les malaises de la dix-huitième année. Il ignorait le théâtre, comme les adolescents ignorent l'amour, et il faisait, toutes les deux minutes, des découvertes qui le transportaient.

D'abord, le jour qu'il lut sa pièce aux artistes, elle avait produit sur lui-même un effet si grand qu'il ne remarqua point que ses auditeurs n'avaient pas compris ni entendu un traître mot. Ils l'accablèrent de compliments, par déférence pour sa haute situation littéraire, et il y fut plus sensible que Pétrarque, lorsque l'on le couronna au Capitole. Mais ce qui l'émut davantage fut d'entendre ses répliques lancées par des voix différentes, et tantôt de la cour, tantôt du jardin, de l'avant-scène ou des autres plans. Son œuvre s'animait, il en ressentait au cœur, par contre-coup, les premiers mouvements. Comme le bon public, qui trouve tous les décors vrais et tous les acteurs naturels, il pâmait dès qu'un de ses interprètes déchiffrait sur le papier une de ses chères phrases sans trop en altérer le texte ni en modifier la ponctuation. Mais ses ravissements ne prenaient plus de fin, tant que Mⁱˡᵉ Valentin occupait le plateau.

Mⁱˡᵉ Valentin est une de ces artistes qui se piquent, même en collationnant, d'articuler, de lire juste, avec une sorte d'intelligence et, si l'on peut s'exprimer ainsi, avec décence, mais qui jouent précisément comme elles ont collationné. A la première répétition, elle mit, comme on dit vulgairement, tous les autres dans sa poche. Un vieux routier du théâtre ne s'y serait pas laissé prendre, mais Maudru fut foudroyé d'admiration et, par la suite, sa partialité à l'égard de Mⁱˡᵉ Valentin l'empêcha d'apercevoir qu'elle ne faisait aucun progrès.

Il la reprenait à l'occasion, mais pour l'agrément de l'entendre encore, et non point pour la corriger. Cela pouvait durer éternellement, et il ne désirait pas non plus que cela finît. Comme il ne concevait pas de plaisir plus délicieux que celui de ces répétitions, il ne se souciait point que sa pièce passât jamais. Le directeur était d'un autre sentiment, hâtait le travail et faisait sa mise en scène. Maudru, qui n'y entendait rien, le laissait faire, et finit même par ne plus se montrer dans la salle que durant les scènes de Mⁱˡᵉ Valentin.

Jusque-là, il errait dans les corridors mal éclairés et fumait des cigarettes en cachette, au mépris des ordonnances de la commission d'incendie. Il poussait la porte de l'orchestre, juste en même temps que Mⁱˡᵉ Valentin ouvrait celle du décor. Il s'asseyait sans bruit et se mettait à pleurer (même en écoutant les parties comiques du rôle) ; il se glissait dehors dès qu'elle regagnait le foyer des artistes, où il courait la retrouver. Puis il lui demandait la permission de la reconduire en auto-taxi jusque chez elle, ou jusqu'à la gare Saint-Lazare quand elle retournait dîner à la campagne avec Gerbaud.

Ces jeux innocents faillirent être contrariés par Mᵐᵉ Durand de Lectoure. Elle prétendait, tout bonnement, assister aux répétitions ! Outre qu'elle se flattait de donner des conseils utiles, elle pensait que son titre de favorite du maître l'autorisait à se manifester, et même l'y obligeait. Cette prétention indigna Maudru, d'autant qu'elle n'était point exorbitante et qu'il n'y trouvait rien à répondre. Il prit, en conséquence, le parti de faire à Mᵐᵉ Durand de Lectoure une scène épouvantable.

— Alors, cria-t-il, vous voulez que nous servions de fable et de risée à ces gens de théâtre ?

Et il tendait le bras vers Durand, qui était en tiers comme de coutume, pour l'associer au ridicule dont ils se voyaient bien menacés tous les trois. Le mari se rangea du côté de sa femme ; il ne souffrait point que personne, ni surtout Maudru, manquât à Clémence : c'était manquer à lui-même. Mais Clémence, dès qu'elle se sentit appuyée de son mari, baissa pavillon devant Maudru, qui criait encore, avec l'accent de la folie furieuse :

— Je vous interdis, vous entendez ? je vous interdis absolument de mettre les pieds au théâtre avant le jour des couturières !

Mᵐᵉ Durand de Lectoure chercha d'autres moyens de se manifester. Comme la pièce de son ami était jouée sur un théâtre subventionné, elle pria plusieurs fois à déjeuner M. le sous-secrétaire d'État aux Beaux-Arts ; et Durand de Lectoure, qui par chance était rapporteur du budget des mêmes Beaux-Arts au Sénat, put faire allusion à la pièce de Maudru dans son rapport, vu que la discussion du budget était bien à propos en retard de six mois cette année-là.

Maudru, qui tenait si fort à ne servir point de fable et de risée aux gens de théâtre, était encore bien loin de soupçonner la témérité ordinaire de leurs jugements et la naïveté de leurs propos. Lorsque les camarades, hommes et femmes, de Mⁱˡᵉ Valentin observèrent que Maudru ne leur prêtait pas la moindre attention et suivait Mⁱˡᵉ Valentin dans tous les petits coins, ils ne doutèrent pas que Mⁱˡᵉ Valentin et l'auteur ne « fussent ensemble », comme on dit dans le monde, et aussi dans le monde du théâtre. Ils s'empressèrent de répandre cette nouvelle, d'ailleurs sans aucune intention de malveillance. L'auteur n'en aurait jamais rien su, si l'interprète n'avait cru devoir l'en avertir. Elle protesta que cela était bien flatteur pour elle, mais elle craignait que cela ne lui fît le plus grand tort auprès de Gerbaud, et à Maudru auprès de M<sup>me</sup> Durand de Lectoure.

Maudru demeura d'abord stupide, puis il jeta le cri de l'innocent faussement accusé, et il eut enfin un accès de terreur panique. Il répondit à peine à M<sup>lle</sup> Valentin, s'enfuit du théâtre, sauta dans un auto-taxi et donna au mécanicien l'adresse de l'hôtel Durand de Lectoure. Pendant tout le trajet, il n'arriva pas à mettre de l'ordre dans ses idées, mais il ne cessa point de prononcer des mots sans suite. Il monta d'une haleine au salon, où il eut la joie de trouver, non seulement le sénateur, mais Clémence, et il leur apprit ce que M<sup>lle</sup> Valentin venait de lui apprendre du même ton qu'un mioche de l'école primaire raconte à son papa et à sa maman que de grands lâches l'ont battu.

Cette confidence parut causer au sénateur et à son épouse un grand soulagement et une satisfaction profonde : c'est que M<sup>me</sup> Durand de Lectoure avait reçu depuis plusieurs jours, à la vérité, des avis analogues ; et Durand venait d'être avisé tout à l'heure, à la commission du budget, par des collègues, qui lui avaient fait à mots couverts leurs compliments de condoléance. Il était rentré aussitôt, furieux, car il se sentait une fois de plus atteint personnellement ; et il reprochait à M<sup>me</sup> Durand de Lectoure l'infidélité de leur ami, quand le cri de révolte de l'accusé leur vint démontrer à point qu'on le calomniait.

Aussi ne l'accueillirent-ils point trop mal. Ils le grondèrent un peu de ses imprudences, mais lui assurèrent que l'on doit se moquer du qu'en-dira-t-on quand on a sa conscience pour soi. Maudru, d'abord étonné de cet effet imprévu de sa démarche, finit par se dire : « Mais... c'est très malin, ce que je viens de faire là. » Il n'eut pas la franchise de s'avouer qu'il ne l'avait pas fait exprès. Il ne jugea point fort utile de prolonger cette conversation ; il s'esquiva, reprit un fiacre, et se fit ramener à l'Odéon : la répétition était finie. Alors il poussa jusqu'au domicile particulier de M<sup>lle</sup> Valentin et monta les cinq étages allégrement. Il n'avait plus la même figure, et il souriait aux anges, d'un air fin.

M<sup>lle</sup> Valentin lui vint ouvrir elle-même. Elle fit une légère exclamation de surprise ; elle n'était pas si étonnée qu'elle voulait paraître. Il lui dit, dès la porte :

— Ma chère enfant... j'ai beaucoup... beaucoup réfléchi à ce que vous venez de me dire... beaucoup...

Et soudain, l'attrapant assez maladroitement par la taille, il lui mit sur le front un baiser si paternel que la troupe entière de l'Odéon ne l'aurait pu voir exécuter ce geste sans jurer de la pureté de ses intentions, — à l'instant même qu'il fallait cesser d'y croire.


## XXII


Tout s'en va : entre autres le noble goût du loisir. Nous rougissons des pauvres vacances que nous prenons de loin en loin, et quand nous ne sommes point occupés d'affaires, nous croyons manquer à un devoir. C'est un signe de démocratie. Les Romains aristocrates méprisaient tant « les affaires » qu'ils n'avaient même pas de nom propre pour les désigner : ils les appelaient « le contraire du loisir ».

Gerbaud est une intelligence distinguée, mais plébéienne : il ne pouvait pas sentir la dignité ni l'agrément du loisir. Le lendemain de sa démission, il s'était cru excédé de sa besogne politique, et il avait demandé un congé au président de la Chambre. Il ne souhaitait que la retraite, il soupirait vers la campagne. Hélas ! il s'y ennuyait à périr, et maintenant même la pêche à la ligne ne le contentait plus. Toutes les personnes qui ne raffolent point de ce divertissement, le comprendront : il y en a beaucoup.

M<sup>lle</sup> Valentin était parfaite pour lui : son genre est d'être parfaite ; mais cette perfection même n'allait pas sans quelque monotonie. D'ailleurs, M<sup>lle</sup> Valentin n'était jamais là ; elle se rendait à Paris chaque matin, et elle ne revenait pas toujours le soir. Gerbaud ne soupçonnait pas le moins du monde qu'elle le trompât avec Olivier Maudru. Cependant, si on lui avait dit qu'elle le trompait, il n'aurait éprouvé aucune surprise. Il était informé de son malheur sans l'être, précisément comme M<sup>me</sup> Durand de Lectoure était informée sans l'être de la trahison de Maudru. Cette façon de savoir, qui était aussi une façon d'ignorer, lui causait du mal-être physique, mais pas la moindre mélancolie. Il était désenchanté, détaché, indifférent, et il n'avait pas la peine de s'en apercevoir : car tout se passait dans son inconscient, ou, si l'on veut, dans son subconscient.

Il avait juré, naturellement, qu'il n'ouvrirait pas un journal, et l'on n'aperçoit pas clairement pourquoi il les faisait suivre. Mais à présent que M<sup>lle</sup> Valentin n'était point là pour voir qu'il manquait à son serment, il faisait chaque jour sa revue de la presse. Il parcourait assez légèrement les journaux officieux; il lisait par acquit de conscience les indépendants, qui ne donnent que des nouvelles sans les commenter; mais il savourait les feuilles de l'opposition, à qui il trouvait bien de l'esprit depuis qu'il n'était plus ministre (car il sait rendre justice même à ses adversaires).

Gerbier des Joncs, sa bête noire, était justement leur tête de Turc. Ce pauvre homme était bien obligé de faire constamment parler de lui. Ses antécédents, trop notoires, sa gamme étendue, qui est un avantage inappréciable pour les chanteurs, mais une gêne pour les politiciens, le parcours hardi qu'il avait exécuté d'un extrême de l'opinion à l'autre, enfin la variabilité de ses convictions le signalaient à la méfiance des partis. Il devait à tout bout de champ donner des gages aux pires ennemis de l'ordre, qui étaient les meilleurs soutiens du gouvernement. Mais les gages qu'un ministre peut donner ne sont pas d'une diversité infinie, et Gerbier des Joncs serait resté court, sans la fertilité d'imagination de son épouse.

Elle lui remontra que la vertu est le principe de la démocratie, selon Montesquieu, que son libéralisme timoré n'empêche pas toujours d'y voir clair, et elle lui donna l'avis de toucher un peu cette corde-là. Gerbier des Joncs, en conséquence, laissa d'abord répandre qu'il méditait un fameux coup de balai; puis il fit deux ou trois de ces scandales qui annoncent la fin prochaine d'un régime, ou du moins qui l'annonçaient jadis : car le régime républicain ne s'en porte pas plus mal depuis une quarantaine d'années.

Malheureusement, les possibilités de scandale ne sont pas non plus infinies, et le spectateur est fort blasé. Les gens ne se passionnèrent point pour des conserves de cheval qui revenaient plus cher que de bon bœuf, ni ne s'indignèrent point quand on découvrit, au domicile privé du fournisseur, un millier de boîtes destinées à la garnison de Paris. Le juge d'instruction présuma que le fournisseur les consommait lui-même et nourrissait toute sa famille aux dépens de l'État; mais le public, porté à l'indulgence, observa que ces viandes n'étaient pas d'aussi mauvaise qualité que l'on aurait pu craindre, puisque le marchand les disputait à la troupe. Gerbier des Joncs avait fait coffrer un peu vite le prévaricateur supposé : il fallut le relâcher huit jours plus tard. Cette libération, bien que provisoire, n'était pas un succès pour le ministre, et le non-lieu paraissait inévitable. Gerbier des Joncs fut bien aise que les menaces du premier mai divertissent l'attention.

Mais l'approche de cette date fatale ne laissait pas de lui occasionner aussi bien du tintouin. Le gouvernement avait interdit les manifestations, tout en protestant de sa sympathie pour la classe manifestante. Gerbier des Joncs, selon le protocole, avait consigné la garnison de Paris et l'avait renforcée de plusieurs régiments venus de banlieue ou de province. Il ne savait point comment expliquer aux chers manifestants que ces formidables mesures préventives étaient de pure cérémonie; il criait par-dessus les toits que les militaires qui auraient le malheur de tirer leurs sabres passeraient au conseil, et que l'allure de la charge serait, pour les cuirassiers, le petit pas, pour leurs officiers le pas espagnol. Il donnait ses ordres à la police ou à l'armée de très loin et de très haut, par écrit ou par téléphone. En revanche, il ne cessait pas d'avoir des conférences propitiatoires et extrêmement cordiales avec les chefs de l'émeute, il faisait appel à leur raison et à leurs bons sentiments, il les suppliait avec larmes et courbettes d'être bien sages et bien gentils.

M<sup>me</sup> Gerbier des Joncs eut une syncope, lorsque son mari lui avoua qu'on distribuerait aux soldats de véritables cartouches et qu'il n'y avait pas moyen de faire autrement. Elle donna une matinée de musique aux révolutionnaires et à leurs épouses ou compagnes, afin de les amadouer. Mais elle commit l'erreur de leur servir les mêmes rafraîchissements qu'à ses invités ordinaires de la haute, et il y a des sortes de boissons qu'on peut bien faire avaler à des gens du monde qui n'y connaissent rien, mais non pas à des prolétaires conscients.

Jadis révolutionnaire lui-même, et sachant par expérience qu'on a facilement raison de ces gaillards-là quand on leur promet de les sangler, mais qu'ils deviennent dangereux dès qu'ils flairent qu'on les ménagera, Gerbaud se demandait si par hasard il n'allait point arriver quelque chose ce $1^{er}$ mai, pour la première fois depuis qu'il y a un $1^{er}$ mai carillonné. Certes il ne désirait point de grabuge, car il est brave homme et il croit aimer le peuple; mais, au cas que l'on se fût un peu cogné, il aurait dit que c'était bien fait pour le ministère.

Il ne pensa point qu'il eût le droit de se terrer dans son ermitage, un jour pareil, et il délibéra d'aller faire un petit tour à Paris sans le dire à personne. L'unique personne à qui il l'aurait pu dire était $M^{lle}$ Valentin, et elle partait elle-même pour Paris vers dix heures, vu que les artistes travaillent de leur métier, même quand les manœuvres chôment en l'honneur du travail. Elle eut une gracieuse pensée : elle offrit à Gerbaud, en lui disant adieu, quelques brins de muguet, qui portent bonheur, dit-on, ce jour-là. Le ci-devant ministre en fut touché, bien qu'il n'ait pas de superstitions, et il pressentit que ce petit bouquet allait exercer une influence singulière sur tout l'avenir de sa vie. Le parfum violent de ces humbles fleurs l'enivrait. Il était comme soulevé par un souffle de printemps. Il avait hâte que $M^{lle}$ Valentin eût décampé.

Dès qu'elle fut hors de portée, il se regarda dans un miroir, ce qu'il n'eût osé faire devant elle; et il ne se dégoûta point. Il se rappela soudainement qu'il avait la réputation d'être irrésistible et de séduire en deux temps toutes les femmes. Cette réputation était aussi usurpée que celle des farceurs qui ne se battent jamais en duel parce qu'ils passent pour tuer leur homme à tout coup : $M^{lle}$ Valentin était l'unique aventure de sa vie.

Il lui vint fantaisie d'essayer ce pouvoir que l'on lui attribuait. Il ne savait d'abord sur qui; mais, comme il avait déjà résolu d'aller à Paris sans dessein bien arrêté, il détermina d'y faire une tournée de visites. Il s'habilla correctement, d'une jaquette, qui faisait valoir sa ligne et ne le vieillissait point, et il mit à sa boutonnière les brins de muguet que $M^{lle}$ Valentin lui avait donnés.

## XXIII

En débarquant à la gare Saint-Lazare, Gerbaud pensa qu'il avait résolu de faire une tournée de visites, mais qu'il ne savait point chez qui aller. Il se rappela, fort à propos, que c'était le jour de $M^{me}$ Gerbier des Joncs et prit le parti de débuter par elle. Il décida qu'elle devait recevoir, bien que l'on fût le $1^{er}$ mai, et qu'elle devait être dans ses petits souliers, comme on dit vulgairement, ce qui ne laisserait pas d'être divertissant à observer.

Sa malice fut déçue : $M^{me}$ Gerbier des Joncs n'avoue jamais, et elle n'avait, de plus, aucune raison d'être dans ses petits souliers. Les premières nouvelles de la journée étaient excellentes. Il y avait bien eu un peu de désordre, juste ce qu'il faut pour permettre à un gouvernement de rétablir l'ordre, comme sa définition l'y oblige. Par bonheur, aucun des manifestants n'était blessé. Seuls, deux ou trois agents ou militaires avaient été lardés discrètement de coups de stylet dans le dos. Cela n'a aucune importance, puisque l'on peut s'acquitter envers eux en leur distribuant des médailles, de bronze, d'argent ou d'or, ou même la croix de la Légion d'honneur, selon la gravité de leur état, au lieu qu'il n'est pas encore d'usage d'accorder des compensations officielles aux révolutionnaires meurtris.

D'ailleurs, $M^{me}$ Gerbier des Joncs faisait précisément la même figure qu'un trente avril ou un deux mai. Son maître d'hôtel, chaque fois que, sous un prétexte ou sous un autre, il entrait dans le salon, lui murmurait à l'oreille les nouvelles que l'on venait de téléphoner : « La place de la Concorde est nettoyée... Il n'y a plus, dans les Champs-Élysées, un seul brin d'herbe... etc... » Mais elle ne bronchait pas, et pour démontrer plus péremptoirement que le quantième ne la souciait point du tout, elle se livrait à une occupation qui n'a rien de politique : elle organisait une de ces saisons de ballet russe qui menacent de devenir presque aussi nombreuses que les expositions privées de peinture, et elle n'était entourée, lorsque l'on lui annonça Gerbaud, que de personnes compétentes en cette matière; à savoir le député Jules Roubillard, le tout jeune danseur Nicolas Séménovitch Millinikof, l'imposante maîtresse de ballet $M^{me}$ Carmen Saltarello, Espagnole et Italienne par moitiés, ainsi que ses deux noms l'indiquent. On attendait, un peu plus tard, la célèbre danseuse Katucha Bogodouchovska.

Le député Jules Roubillard est ce qu'on appelle un petit vieux bien propre. Il est si net sur soi qu'on ne peut douter, à le voir, qu'il le soit dedans comme dehors. Cette heureuse physionomie lui a permis de tripoter tout son soûl dans le Panama sans faire à sa réputation la moindre tache. Tout le monde le savait, et personne ne le voulait croire. On n'osa pas, en conséquence, lui faire rendre gorge, et il coucha sur ses positions. Il est trop bref de taille, trop sec, et il porte sa barbe grise trop courte, pour avoir l'aspect vénérable; mais il a l'air d'un sage dans les prix doux, et il est, physiquement, le type même du modéré. Il traite, en amateur, des questions de finance, et il rend compte du budget, chaque année, dans un journal bien pensant, du même ton que les critiques de théâtre rendent compte des pièces. Il est aussi mélomane depuis qu'il a de quoi. Il ne raterait pas une série de Bayreuth ou de Munich, et il s'est fait inscrire des premiers à la *Société d'encouragement pour l'importation des musiques étrangères*, afin de fréquenter chez les grandes dames qui en font partie : car il est devenu, selon la règle, conservateur en même temps que propriétaire, et légèrement snob par-dessus le marché.

Le jeune Millinikof se trouvait assis vis-à-vis la porte, que l'huissier ouvrit un peu trop tôt, et Gerbaud l'aperçut d'abord, du fond de l'antichambre. Il ne l'avait vu qu'aux feux de la rampe et du lustre, entre ciel et terre, vêtu d'or, resplendissant de joyaux. Il eut peine à le reconnaître pauvrement habillé, terne, humble, dépaysé sur le sol, les yeux papillotant à la lumière du jour, la tête grosse comme le poing, le teint morne, son rang de perles dissimulé sous la chemise. Le ci-devant ministre fit réflexion que les royautés et divinités de théâtre perdent à être considérées de trop près. Il observa toutefois que cette remarque ne saurait s'appliquer à M<sup>lle</sup> Valentin, son amie, qui n'est point trop brillante sur la scène, et en revanche ne l'est guère moins à la ville.

Mais il avisa dans le même instant (toujours de l'antichambre, qu'il n'en finissait point de traverser) M<sup>me</sup> Carmen Saltarello, et il demeura stupide d'admiration. Son entrée dans le salon en fut encore retardée. M<sup>me</sup> Saltarello, sur l'âge, n'a pas perdu toute trace de la beauté espagnole et de l'italienne qu'elle combina jadis agréabl! ment; mais ce n'est point ses restes, c'est son ampleur qui enthousiasmait Gerbaud. Il a si peu vécu qu'il garde, la quarantaine bien passée, les goûts

d'un novice : il ne saurait contempler de sang-froid une femme que la gymnastique de la danse a développée comme Marseille, qui justifie les métaphores les plus baroques du Cantique de Salomon, et dont les jambes, notamment, peuvent être comparées sans emphase aux piliers du temple de Jérusalem. Il se ressouvint à cette vue qu'il avait fait expressément le voyage de Paris pour éprouver sa prétendue séduction, et il songea qu'il aimerait d'en vérifier le pouvoir sur un sujet si imposant.

Il pénétra enfin dans le sanctuaire, mais ne put, malgré son envie, se précipiter avant tout sur M<sup>me</sup> Carmen Saltarello qu'il ne connaissait pas. Il commença par baiser la main de M<sup>me</sup> Gerbier des Joncs, qui parut beaucoup plus touchée de sa visite que leurs dissentiments politiques ne donnaient lieu de l'espérer. Elle en parut même ravie et ne put supporter sans un véritable attendrissement la vue ou le parfum des brins de muguet que Gerbaud portait à sa boutonnière.

— Comme vous voilà fleuri, dit-elle, monsieur le ministre !

Cette phrase n'était pas dénuée de toute importance, comme il semble quand on la lit : elle sous-entendait tant de prières ou de promesses que Gerbaud fut stupéfait derechef. Il avait lieu de l'être : M<sup>me</sup> Gerbier des Joncs est femme de tête et s'en tient là; un peintre intelligent qui ferait son portrait ne manquerait pas de la représenter comme les petits anges des assomptions, dont la personne matérielle se termine aux ailerons qu'ils ont plantés dans le cou. M<sup>me</sup> Gerbier des Joncs troublée à son insu, voilà qui était inconcevable, et Gerbaud commença de croire qu'on n'invente rien quand on le taxe d'irrésistible. « C'est tout de même curieux, » se dit-il, un peu ému.

Il fit sans désemparer une deuxième expérience, sur M<sup>me</sup> Saltarello, à qui M<sup>me</sup> Gerbier des Joncs le présenta enfin, quand il eut assez négligemment touché la main de Roubillard. La superbe maîtresse de ballet ne lui dit que : « Ah! Monsieur!... » mais avec tant de points d'exclamation qu'il en fut gêné et bien flatté. Il fit un bonjour protecteur à Millinikof, qui ne sait pas un mot de français. Puis on forma le cercle. M<sup>me</sup> Gerbier des Joncs mit la conversation sur la danse, et comme les orateurs politiques parlent de n'importe quoi aussi longtemps qu'on veut, l'on atteignit sans trop de peine l'heure où la Bogodouchovska daigna venir.

Gerbaud, qui ne doutait point qu'elle ne se jetât d'abord à son cou, eut une fâcheuse surprise. Elle n'entendit même pas son nom, ne le regarda point. Elle parlait avec une extrême volubilité, comme elle tricote des jambes. Elle disparaissait sous ses fourrures; car, au rebours de la mode, qui veut qu'on soit habillé au printemps comme pendant la canicule, elle l'était comme en plein hiver; et cela étonnait d'autant plus qu'elle a plutôt coutume de ne pas s'habiller du tout quand elle danse. Elle consentit de retirer sa pelisse, mais sa robe n'était guère moins hermétique, et si étroite que tout mouvement de la partie inférieure du corps semblait devoir être impraticable. M<sup>me</sup> Gerbier des Joncs en témoignait le regret.

— J'aurais tant voulu, dit-elle, que vous répétiez votre pas avec Millinikof, pour amuser monsieur le ministre !

La Bogodouchovska continua de ne pas distinguer monsieur le ministre; mais, comme elle n'est point de celles qui se font prier, elle déclara que sa robe ne l'incommodait nullement et qu'elle pouvait danser dans n'importe quel costume, pourvu qu'elle eût seulement les pieds nus. Elle retira dans l'instant même ses souliers et ses bas et se campa au milieu du salon, cependant que M<sup>me</sup> Gerbier des Joncs courait au piano.

A vrai dire, la Bogodouchovska ne faisait guère que prendre des attitudes et mimer une sorte de danse du ventre. Millinikof bondissait à l'entour d'elle comme un chamois, franchissant les larges canapés du garde-meuble et même la queue du piano. C'était la pantomime anglaise, mais avec la grâce russe. Il s'égara un moment parmi les cristaux du lustre, qui frissonnèrent : M<sup>me</sup> Gerbier des Joncs fit une fausse note. Il daigna enfin reprendre terre, enleva, à bras tendu, la Bogodouchovska pliée en deux, et la promena tout autour du salon.

Quand il la reposa, Gerbaud transporté cria : « Bravo ! » et vint présenter à la danseuse ses félicitations. Elle parut alors s'éveiller, et apercevoir le ci-devant ministre pour la première fois. Puis elle baissa les yeux, et elle connut subitement que ses pieds étaient nus. Elle jeta un cri et alla au plus vite se rechausser dans un coin. Cet accès de pudeur, autrement inexplicable, parut à Gerbaud une nouvelle preuve de l'attrait mystérieux que l'on dit et que l'on a bien

raison de dire qu'il exerce sur toutes les femmes. Il ne tarda pas à prendre congé. Il s'en fut tout rêveur.

« C'est décidément bien curieux, se disait-il. C'est tout à fait extraordinaire. »

XXIV

Il faut plusieurs visites pour faire « une tournée de visites », et Gerbaud devait maintenant décider à quelle dame il rendrait sa seconde politesse; mais il ne pouvait songer qu'à la Bogodouchovska, et il fut bien aise de se voir affranchi du soin de délibérer, par le hasard, qui conduisit ses pas vers l'hôtel Durand de Lectoure. « Au fait, se dit-il, d'abord qu'il s'en aperçut, je peux bien monter une minute chez M<sup>me</sup> Durand : ne lui dois-je pas deux ou trois visites de digestion? » Il prononça (mentalement) ce dernier mot avec une sorte de dégoût, qui signifiait qu'un séducteur de sa trempe est au-dessus des matérialités et attache du prix au reste de sa guenille, mais point à son estomac. Il entendait aussi que, chez cette brave M<sup>me</sup> de Lectoure, il ne devait point compter d'éprouver son charme, et qu'il s'y allait acquitter seulement d'une corvée mondaine peu récréative.

Il eut une bonne surprise, quand il connut dès le palier, au bruit divers des voix, que le salon Louis XIV était tout plein de monde. « Tiens ! se dit-il, non sans malice, l'on reçoit beaucoup cette année, le 1<sup>er</sup> mai, dans le milieu républicain. » M<sup>me</sup> Durand est d'ailleurs chez elle tous les jours de cinq à sept, mais elle n'a, d'ordinaire, que deux ou trois personnes à la fois, et elle en avait à ce moment quatorze, bien comptées; parmi lesquelles un jeune homme fluet, de jolie figure, dont les cheveux étaient rejetés en arrière et dont les yeux étincelaient continuellement comme les lèvres des danseuses sourient; il marquait à peine dix-sept ans, et semblait déterminé à ne marquer jamais davantage, au moins pendant un demi-siècle. Cet adolescent occupait le tabouret de duchesse qui, chez M<sup>me</sup> Durand de Lectoure, est toujours placé devant la cheminée, tout contre la bergère de Clémence. Il parlait avec abondance, mais sans volubilité, pour se donner le temps de choisir entre les idées et les métaphores innombrables qui eussent débordé de lui s'il ne les eût disciplinées ; il parlait enfin comme Gœthe devait écrire, ce qui est prodigieux, quand on y pense, à dix-sept ans. Toutes les dames formaient le cercle, autant que cela est praticable dans un salon beaucoup trop étroit qui n'en finit pas en longueur.

Gerbaud eut plaisir à les voir, mais il se serait passé du petit jeune homme. Il fit quelques réflexions amères sur ces nouveaux venus, « qui nous poussent de l'épaule » (ainsi que parle Bossuet). Sans doute, il a crié en son temps, comme les autres : « Place aux jeunes ! » Mais il trouve que les jeunes d'aujourd'hui sont bien pressés et qu'ils pourraient encore patienter quinze ou vingt ans. Il avait tort de prendre de l'ombrage : dès qu'il parut, M<sup>me</sup> Durand de Lectoure jeta un cri de joie et l'invita expressément à s'asseoir tout près d'elle. C'était prier l'enfant de céder son tabouret : il le fit de bonne grâce, avec un air de déférence qui lui ramena tout aussitôt la sympathie du ci-devant ministre. Gerbaud s'installa si près en effet de M<sup>me</sup> Durand qu'il pensa reposer sur ses genoux ; les dames environnantes se penchaient et s'élançaient vers lui, comme précédemment vers le jeune homme, et elles n'avaient pas seulement eu besoin de changer d'attitude ni de physionomie.

Dans son émoi, M<sup>me</sup> Durand de Lectoure avait omis de faire les présentations ; mais toutes ces dames connaissaient la figure de Gerbaud par les journaux illustrés, et lui-même préférait ne les point connaître individuellement : il lui suffisait qu'elles fussent femmes et dociles à son mystérieux attrait. Elles avaient, en le regardant, des rougeurs, un air d'aimable confusion par où elles s'avouaient vaincues et à sa merci. Elles prenaient pour un symbole ingénieux ce muguet des bois qui fleurissait sa boutonnière : le ministre d'hier et de demain, le grand orateur, le grand homme affichait son dédain de la politique, il ne se souciait plus que du printemps ! « Il a une âme de grisette ! » se disaient-elles, attendries. Gerbaud daignait leur sourire, et pensait à part lui que la situation de pacha ou de padischah a de l'agrément, même pour un ministre de la République.

Mais la scène n'était point muette. Lors de l'entrée de Gerbaud, le petit jeune homme (à qui décidément il avait eu bien tort d'en vouloir) faisait comme par hasard une conférence sur le ballet russe. Gerbaud, qui sortait

d'en prendre, n'eut qu'à se substituer au conférencier et à « enchaîner », comme on dit, et les assistantes n'eurent point la peine de changer de conversation, de même qu'elles n'avaient pas eu besoin de changer de physionomie ni d'attitude. De vrai, Gerbaud ne parlait pas tout à fait si bien que le jeune homme, mais son impression était toute fraîche, et il fit une description très suffisamment pittoresque des bonds de Millinikof, dont il venait d'être témoin chez M<sup>me</sup> Gerbier des Joncs, du transport à bras tendu de la Bogodouchovska autour des salons de la rue Saint-Dominique. Les assistantes l'écoutaient en extase et ne l'interrompirent qu'une fois, quand il prononça le nom de M<sup>me</sup> Gerbier des Joncs, pour accuser cette dame de tous les crimes, ainsi qu'il est d'usage dans la société polie.

Vers la fin du discours, M. l'abbé Sauvage parut, à qui Gerbaud s'empressa de vouloir céder le tabouret : le respect du prêtre, surtout marqué chez les anticléricaux, est à peu près tout ce qui nous demeure de la vieille courtoisie française. Les dames firent aussi quelques grâces à l'abbé. Elles lui demandèrent comment il osait sortir un 1<sup>er</sup> mai : il répondit qu'il n'avait pas eu le loisir de songer à l'émeute et que le mois de mai est le mois de Marie. Cette repartie parut, en son genre et dans un autre ordre d'idées, aussi ravissante que le muguet symbolique de Gerbaud. Puis le petit jeune homme se retira ; Gerbaud parla de lui avec bienveillance, mais dit qu'il devait avoir fait sa première communion de fort bonne heure. L'abbé voulut bien sourire de cette plaisanterie, qui n'avait rien de sacrilège. Cinq minutes plus tard, il se fit un de ces mouvements paniques assez fréquents dans les réunions mondaines. Toutes ces dames se retirèrent avec une hâte à faire croire qu'elles étaient subitement incommodées, le salon se trouva vide comme par enchantement, et Gerbaud seul avec M<sup>me</sup> Durand de Lectoure, qui le suppliait de rester encore un peu à lui tenir compagnie.

Il prit garde pour la première fois aux tendres inflexions de Clémence. « Elle aussi ? » se dit-il. Cette bonne fortune ne le flatta point du tout. Lorsque l'on est adulé par toutes les femmes mineures de quarante ans, l'on n'aime point de trop plaire aux majeures de quarante-cinq. « Elle est ridicule », se dit-il, sans miséricorde, et il jura de ne point tromper M<sup>lle</sup> Valentin, dont la pensée lui revint fort à propos. Clémence, dont le cœur battait violemment, ne savait que lui dire, et il ne l'aidait point. Il cherchait un prétexte honnête pour s'en aller, quand le mari fit irruption et remarqua d'abord que sa femme n'avait pas grand monde : Durand présumait que ce délaissement dût être pénible à l'orgueilleuse Clémence, et il ne manque jamais une occasion de l'humilier, soit en mettant le doigt sur ses plaies, ou, comme on dit plus vulgairement, les pieds dans le plat. La présence du mari ne rassura point Gerbaud, au contraire. « Nous voilà maintenant tous les trois, se dit-il, comme en ménage ! » Il fut tiré de peine par un nouveau flot de visites, aussi soudain que la débandade précédente. Il se retrouva, sans le faire exprès, assis sur le tabouret de duchesse, et la même scène se répéta : il y prenait goût.

Mais l'attention de son public fut divertie par l'entrée d'une femme fort grande, fort belle, qui a fait parler d'elle un peu trop en ces derniers temps. Son mari a cru devoir la remercier, à la suite d'une aventure qui aurait paru glorieuse sous l'ancien régime : mais les temps ont changé. Ils ont divorcé, ce n'est point ce qu'on lui reprochait; mais, après le divorce, ils s'étaient ravisés tous les deux, ils venaient de se remettre ensemble, et cela faisait scandale. On ne se gêna point pour le lui dire, à mots couverts, et Clémence elle-même en lança un à double entente.

La belle dame, qui ne goûtait point ces façons, résolut de se venger sans attendre.

— Il paraît, dit-elle brusquement, que l'on répète à l'Odéon une drôle de pièce.

Et malgré les « hem ! hem ! » elle poursuivit, disant que la pièce n'était pas jouable et ne serait en effet jamais jouée, et que les répétitions n'avaient pour objet que de favoriser les amours de l'auteur avec la principale interprète. Après cette série de gaffes volontaires, elle se leva, serra cordialement la main de M<sup>me</sup> Durand de Lectoure et sortit comme une reine. Clémence fut admirable de sang-froid, Durand avait peine à modérer sa colère, et Gerbaud les prenait tous les deux en pitié, oubliant, chose curieuse, qu'il aurait dû se prendre d'abord en pitié soi-même.

Une nouvelle panique vida le salon, il demeura seul en tiers avec les deux époux. Un valet de chambre apporta, sur ces entrefaites, un billet d'Olivier Maudru, qui s'excusait de ne venir point dîner comme d'habitude : il croyait devoir accompagner jusqu'à la gare Saint-Lazare M<sup>lle</sup> Valentin, que la révolution effrayait, et il craignait que l'encombrement des rues ne lui permît point d'arriver à l'heure où M. Durand de Lectoure entend se mettre à table. Gerbaud continua de plaindre M. et M<sup>me</sup> Durand et d'oublier de se plaindre soi-même; mais cette fois il prit congé pour aller retrouver M<sup>lle</sup> Valentin dans son île.

Elle n'y était point, et il reçut d'elle une dépêche, en contradiction avec le billet de Maudru, par où elle s'excusait de ne pas rentrer ce soir, à cause des troubles. Il commença de soupçonner qu'il n'était pas le moins trompé en cette affaire; mais cela lui semblait toujours inconcevable, après tant de preuves qui venaient de lui être administrées de son irrésistible pouvoir sur toutes les femmes.


## XXV


La raison de l'homme, qui devrait être indépendante, obéit le plus souvent à des impulsions de la sensibilité; et en revanche, la sensibilité est si petite fille devant la raison, que nous ne croyons plus au témoignage même de nos sens, quand notre entendement refuse de l'autoriser. Gerbaud, ne pouvant concevoir qu'une femme, et singulièrement sa maîtresse, le trompât, ne fit aucun état des preuves qui lui étaient apportées, de la trahison de M<sup>lle</sup> Valentin et de la complicité d'Olivier Maudru. Cela lui épargna une jalousie incommode, la soif de la vengeance et ce qui s'ensuit. Mais il s'avisa qu'il serait bien sot de n'en pas prendre désormais à son aise, et qu'il n'avait plus besoin du congé de personne pour s'en aller à Paris tous les matins.

Il ne se souciait plus d'y faire des visites : il voulait courir les aventures. Son instinct lui fit deviner qu'on n'arrive à rien quand on a toutes les femmes à ses trousses, et qu'il faut éliminer et choisir. Il n'avait point de goût particulier pour telle ou telle de ses adoratrices : ce fut encore la logique pure qui détermina son cœur.

La tendresse timide, mais trop évidente, que lui avait témoignée M<sup>me</sup> Durand de Lectoure, lui revenait à tout propos. Ce souvenir l'obsédait, l'agaçait et lui causait une vertueuse indignation. Au lieu de penser continuellement à M<sup>lle</sup> Valentin, et de se dire :

« L'ingrate ! elle me trompe ! » il pensait continuellement à M<sup>me</sup> de Lectoure, et il se disait : « Mais elle pourrait être ma mère ! » Car ainsi parlent tous les hommes, des femmes qui sont le moins du monde leurs aînées. Gerbaud fit ce raisonnement élémentaire, que la fille d'une femme qui pourrait être sa mère, était beaucoup plus désignée que ladite mère pour lui témoigner ou lui inspirer de l'affection ; et, sans pousser plus loin sa dialectique, il résolut d'aller présenter ses hommages à Catherine-Louloute la prochaine fois qu'il retournerait à Paris.

Il avait un excellent prétexte : Catherine Durand ou Duval de Lectoure devait être près d'achever les toilettes que M<sup>lle</sup> Valentin lui avait commandées pour la pièce d'Olivier Maudru. Gerbaud se pouvait-il dispenser de les aller voir ? C'eût été marquer bien peu d'intérêt à M<sup>lle</sup> Valentin. Il négligea d'ailleurs d'avertir M<sup>lle</sup> Valentin qu'il voulait lui donner cette marque d'intérêt ; et quand il débarqua un beau matin, vers onze heures trois quarts, chez Louloute, il tremblait que, par une coïncidence miraculeuse, son amie n'y eût rendez-vous pour essayer, ce même jour et à cette heure indue. Ce ne fut point ce miracle-là qui se produisit, mais un autre, encore plus invraisemblable.

Lorsqu'il pénétra dans le petit hôtel Directoire, il crut arriver à Londres un dimanche. Le ménage semblait fait de la veille, comme chez des protestants qui ne permettent point que l'on touche un plumeau ni un balai le jour du Seigneur. Jules Duval, tout seul dans le grand salon, se promenait en long et en large, une main derrière le dos et l'autre au revers du gilet (ses attitudes sont toujours des copies de tableaux ou d'estampes). Son visage s'éclaira à la vue de Gerbaud. Il courut à la rencontre du ci-devant ministre, qui lui était indifférent, mais qui venait à propos interrompre sa solitude et sa rêverie. Gerbaud faillit lui demander : « Qui donc est mort ? » Duval prévint cette question, en faisant connaître à Gerbaud que le personnel chômait, parce que Louloute recevait, ce matin même, le baptême, la communion et la confirmation successivement. L'artiste, qui manquait souvent de tact, appelait l'ensemble de ces trois sacrements « un complet ». Cette expression vulgaire et irrévérencieuse choqua horriblement Gerbaud, à qui il ne faut pas croire que l'on fait plaisir quand on se moque des choses sacrées.

Duval poursuivit :

— Ma femme va rentrer bientôt. Nous donnons un petit déjeuner intime : vous serez des nôtres, monsieur le ministre. Nous avons M. l'abbé Sauvage.

— Merci, fit Gerbaud.

Il ajouta, non sans malice (car il prévoyait la réponse) :

— Pourquoi diable n'assistez-vous pas à la triple cérémonie ?

— J'y assisterais volontiers, repartit Duval d'un air assez piteux. Mais Louloute m'a assuré que ma présence serait un sacrilège, parce que notre mariage attriste notre sainte mère l'Église, qui ne l'a point béni.

— Vous allez sans doute régulariser cela ? dit Gerbaud, avec encore plus de malice.

— Jamais de la vie ! s'écria Duval, soudain furieux.

Gerbaud ne put se tenir de hausser imperceptiblement les épaules.

« Homais... » murmura-t-il.

Mais il était bien aise de penser que cet imbécile n'épouserait pas Louloute devant Dieu. A ce moment, un grand bruit de voix dans le vestibule lui annonça l'arrivée de la communiante, et il fut si bouleversé qu'il trembla de se trahir quand elle paraîtrait. Heureusement, le premier sentiment que l'on éprouve toujours à la vue de Catherine est un étonnement stupide, et Gerbaud n'eut point d'autre émotion à dissimuler durant plusieurs minutes.

M<sup>me</sup> Duval-Durand, pour recevoir le baptême, l'eucharistie et la confirmation, n'avait pu s'habiller, naturellement, ni comme ses petites camarades du catéchisme, ni, encore moins, comme les bébés que l'on tient sur les fonts ; mais elle avait su combiner une toilette d'adulte qui rappelait à la fois l'uniforme des communiantes et le costume habituel des catéchumènes nouveau-nés. L'étoffe était de mousseline blanche, mais de mousseline de soie, et la coupe à la dernière mode, pour éviter de marquer la taille ni les hanches et faire croire que l'on était bâti comme à douze ans. Une deuxième tunique, toute de broderie anglaise, recouvrait jusqu'aux genoux cette façon de chemise ; et comme on ne peut sortir en chemise, même si l'on en porte deux l'une sur l'autre, Louloute s'était fait tailler un manteau exactement pareil aux pelisses des layettes et qui n'en différait que par les dimensions. Le chef-d'œuvre était le chapeau, pareil aussi à ce que l'on mettait, il y a une dizaine d'années, sur la tête des enfants de huit jours, et qui, en plus grand, devenait pareil au cabriolet de nos trisaïeules. Il était garni, à l'intérieur, de petites roses blanches, alternant avec des choux de ces minces rubans blancs appelés « comètes », et surtout il était attaché par des brides de gros grain blanc, nouées sous le cou. Des brides !... En guise de chapelet, Louloute avait son sautoir de perles; mais c'était un chapelet si long qu'elle le portait sur l'épaule; elle portait de même, de l'autre côté, son sac de soie blanche au bout d'un mètre cinquante de ruban blanc, et elle le balançait en marchant, d'une façon quelque peu garçonnière, comme un collégien fait sa gibecière ou un télégraphiste sa sacoche.

Gerbaud, une fois revenu de sa stupeur première, tomba dans un grand trouble de conscience; il aperçut qu'il éprouvait à l'égard de Louloute des sentiments d'une complication inquiétante et, si l'on ose dire, peu catholique. Il fut positivement effaré, quand il songea que l'objet de ces sentiments venait à peine de naître à la véritable vie, et était, pour l'instant, le temple d'un Dieu.

Puis, son effarement se changea en une joie mystique. La pureté, l'innocence de Louloute l'éblouirent, il s'éblouit soi-même, et il se jugea, sans fausse modestie, digne de cette créature toute blanche, vêtue de blanc comme Béatrice. Les figures des diverses personnes que pouvait léser cet arrangement lui apparurent soudain : à savoir M<sup>lle</sup> Valentin, M<sup>me</sup> Durand de Lectoure, Jules Duval. Il fit bon marché de M<sup>lle</sup> Valentin, qui, par son inconduite, avait perdu le droit de se plaindre. Il fit bon marché de Duval, le faux mari. Quant à M<sup>me</sup> Durand de Lectoure, parbleu ! ce n'est qu'à ce moment-là qu'il s'avisa de l'apercevoir. « Ce sera bien fait pour elle, se dit-il. Cela lui apprendra. » Et il l'alla saluer, d'un air de défi. Puis il s'inclina profondément devant M. l'abbé Sauvage.

Il sentit alors qu'un bras se glissait sous le sien, et il crut qu'un ange l'avait effleuré de son aile. Il défaillit. C'est en chancelant qu'il suivit Catherine, qui le tirait vers la salle à manger. Mais il se raidit, comme il convient à un ancien ministre de la République. « Voilà cinq minutes qu'elle me parle, et je n'entends ni ce qu'elle me dit ni ce que je lui réponds. Pourvu, songeait-il avec angoisse, que je ne lui aie pas dit des bêtises ! » Ses oreilles bourdonnaient, mais il recommença d'entendre nette-

ment, et il recouvra en même temps sa présence d'esprit, quand Jules Duval dit d'une voix aigre :

— Eh bien ! monsieur l'abbé, irez-vous au *Martyre de saint Sébastien ?*

Le maître d'hôtel passait les œufs à l'aurore. Gerbaud rappela ses souvenirs du *Larousse* et de la *Grande Encyclopédie*, et se tint prêt à réciter ce qu'il savait du glorieux martyr dès qu'on lui ferait l'honneur de l'interroger.

## XXVI

Les orateurs politiques ont la mémoire des chiffres, qui dans une discussion sont leurs arguments les meilleurs, seuls sans réplique, soit qu'ils les citent fidèlement ou les inventent. Gerbaud avait eu beau compulser la *Grande Encyclopédie* et le *Larousse* à l'article saint Sébastien, il se fût embrouillé peut-être, si on l'eût invité à historier par le menu les miracles que le patron des archers accomplit devant et depuis sa mort; mais il se rappelait imperturbablement la date de cette mort, qui est 288 de Notre-Seigneur, et celle de la naissance, qui est 250 environ. Ces dates ne sont pas indifférentes; car il suffit de savoir faire une soustraction pour calculer que saint Sébastien mourut à trente-huit ans : qui n'est pas un grand âge, mais qui n'est pas non plus la première enfance, même aujourd'hui, et à plus forte raison en ce temps-là. Aussi, Gerbaud, qui a la superstition de la vérité, ne pouvait-il point concevoir que les peintres italiens eussent toujours représenté ce quasi-quadragénaire sous les traits d'un adolescent, quand ils n'avaient probablement que l'embarras du choix parmi l'armée innombrable des martyrs, pour distribuer à un jeune premier d'emploi le rôle de l'Adonis chrétien.

Il avait hâte de produire cette pensée, qui lui semblait ingénieuse, neuve et de nature à le faire valoir dans la conversation. Mais il dut renoncer pour le moment à tourner la matière du discours sur l'esthétique et sur l'histoire. Louloute, en effet, n'avait pu entendre Jules Duval, son mari, demander à M. l'abbé Sauvage s'il comptait d'assister aux représentations du Châtelet, sans être subitement transportée d'une sainte colère.

En toute autre circonstance, elle eût jugé, et avec raison, la question fort incongrue ; mais ce matin, encore sous le coup des trois sacrements qu'elle venait de recevoir avant déjeuner (sans compter celui de la pénitence qui lui avait été administré la veille), elle était à peu près dans le même état d'excitation que Polyeucte, et elle éprouvait comme lui le besoin de passer son zèle sur une idole : son mari lui en tint lieu.

Ce fut un beau torrent d'invectives, auxquelles manquait le style cornélien. Louloute avait appris à lire dans les romans de l'école naturaliste ; chacun de ses maris successifs l'avait mise en contact avec des sociétés fort diverses, mais également libres ; présentement, elle vivait parmi des ouvrières qui ne mâchent pas les mots ; enfin elle n'admet aucun préjugé, et elle croyait que c'en est un de parler avec décence. Elle montra sa connaissance de la langue verte, et cette scène, qui aurait pu ne point manquer de grandeur, rappela d'abord la dispute de Gervaise et de Virginie dans l'*Assommoir*, ou le repas chez la blanchisseuse après la première communion de Nana.

Jules Duval, qui depuis sa liaison avec Catherine-Louloute en avait essuyé cependant de toutes les couleurs, fut abasourdi. Il resta la fourchette en l'air, et cela eut l'avantage de suspendre une besogne assez peu ragoûtante qu'il exécutait, qui consistait à écraser dans la sauce les jaunes de ses œufs à l'aurore. Le maître d'hôtel et les valets de pied sauvèrent l'honneur de la maison par leur correction et leur sérieux. Ils entendirent sans sourciller des termes qu'ils auraient dû être les seuls à connaître et qu'ils semblaient être les seuls à ignorer ; ils n'accusèrent le mépris que ces façons de leurs maîtres leur inspiraient que par une façon un peu plus hautaine d'annoncer les vins. Le moins ému, après les domestiques, était M. l'abbé Sauvage. Ce saint homme n'a pas plus de bégueulerie physique ou morale que les bonnes sœurs qui gardent des filles dans les prisons ou qui pansent des plaies hideuses dans les hôpitaux. Il est blasé et bronzé. Il hante après midi le beau monde, mais il enseigne le matin les gamins du faubourg et de la banlieue, qui ne lui parlent pas toujours en langage fleuri. Ces enfants d'alcooliques ont parfois, au cours de la leçon, des accès de frénésie, et il est obligé d'interrompre le catéchisme pour les exorciser au moyen de quelques

bonnes calottes. Mais son éducation a été achevée, si l'on peut dire, par les grands convertis intellectuels qu'il a ramenés à la foi. Les artistes ou gens de lettres qui sont rentrés dans l'Église vers la fin du dernier siècle, ont pris le genre de traiter Dieu avec une familiarité pittoresque. Aussi les discours forcenés de Louloute ne l'étonnaient-ils point, et, tenant compte de l'intention, il souriait avec bonté.

M^me Durand de Lectoure était plus scandalisée que lui, mais pour des motifs mondains. Elle regrettait que sa fille, qu'elle a si bien élevée, lâchât tant de gros mots. Elle n'était point fâchée d'ailleurs que Gerbaud fût là pour les entendre. Elle regardait du coin de l'œil l'ancien ministre et s'amusait de le voir, à la lettre, consterné. Ce pauvre Gerbaud n'arrivait pas à comprendre comment ni pourquoi l'ange s'était métamorphosé soudain en une harengère. A peine eut-il hasardé, mentalement, cette expression fâcheuse, qu'il se corrigea : il remplaça « harengère » par « furie », et il observa qu'il est de bien belles furies. Cette substitution de mots l'avait déjà un peu réconforté, quand un incident mit brusquement fin à la déplorable scène. Avant de trancher une poularde, plus digne de figurer aux noces de Cana qu'à un modeste déjeuner de première communion, le maître d'hôtel crut devoir présenter à la maîtresse de la maison cette pièce remarquable. Comme Louloute, occupée ailleurs, criant toujours, ne prenait pas garde à lui, il insista. Elle l'aperçut enfin.

— La paix ! dit-elle.

Et elle mit devant ce substantif un verbe, qui n'est point tout à fait celui auquel on penserait d'abord, mais un autre, de demi-caractère. Elle n'en fut pas moins contrite de l'avoir pu dire, et elle s'écria :

— Allons bon ! Il va falloir maintenant que je me fasse remettre en état de grâce !

(Au lieu de « remettre », elle répéta le verbe précédent.)

Elle le poussa si naïvement que tous les convives éclatèrent de rire, à commencer par M. l'abbé Sauvage. Il eut la bonté de tranquilliser Louloute, lui assura que le péché était véniel et que Dieu lit dans les cœurs.

La conversation put alors reprendre sur le ton de la bonne compagnie, et l'abbé répondit enfin à la question saugrenue que lui avait posée Jules Duval. Il déclara qu'il n'irait point voir le *Martyre de saint Sébastien*, pour deux raisons : savoir, la première, qu'il n'avait pas accoutumé de fréquenter les salles de spectacle, et la deuxième, que Mgr l'archevêque de Paris l'avait particulièrement défendu cette fois. Il entreprit alors de justifier la décision archiépiscopale, et le fit avec tant de finesse que personne ne douta plus qu'il ne la désapprouvât entièrement : son esprit de discipline et d'humilité, son orthodoxie bien connue le pouvaient seuls déterminer à dire juste le contraire de ce qu'il pensait. Malgré ses précautions oratoires, il scandalisa Catherine, si chatouilleuse ce matin; mais elle n'osait plus souffler mot, après l'accident de paroles qui venait de lui arriver, et elle dissimula son sentiment. En revanche, Gerbaud, embrasé à son tour d'un zèle indiscret, voulut riposter à l'abbé. Ne l'osant point faire directement, il prit le biais de dénoncer l'invasion étrangère; et il s'éleva, avec une grande force, avec une véritable éloquence, au nom de l'art, du goût français et du patriotisme, contre les niaiseries prétentieuses, qu'on nous importe d'Italie ou de Belgique depuis six mois, et contre la badauderie des snobs, qui se pâment invariablement, au lieu de bâiller, à ces exhibitions. Il eut soin de ne pas terminer son discours sans avoir appris à ses auditeurs que saint Sébastien n'était pas un petit jeune homme, mais un adulte, âgé de trente-huit ans.

— A peine deux ou trois ans de moins qu'Arnolphe, dit M. l'abbé Sauvage, qui ne fréquente pas les spectacles, mais qui a lu Molière.

Cette réplique, un peu risquée dans la bouche d'un prêtre, parut spirituelle. Gerbaud laissa passer le concert d'applaudissements qui s'ensuivit, et revint à la charge, à propos de l'âge de saint Sébastien.

— Il est absurde, dit-il d'un ton de mauvaise humeur, de le faire jouer par un travesti.

Mais il s'arrêta court, l'idée lui étant soudain venue que Louloute, qu'il regardait, ferait en travesti (du XIVᵉ siècle) un adorable saint Sébastien selon la formule. Il essaya de chasser cette vision; mais Louloute lui apparut alors revêtue d'une armure éblouissante. Ses yeux, aveuglés par cette lumière surnaturelle, cessèrent de voir, cependant que ses oreilles recommençaient de bourdonner et de n'entendre plus les bruits frivoles de la conversation.

Ces phénomènes singuliers s'accompa-

gnèrent d'une sorte de transfiguration, qui fut aperçue de tous, mais surtout de Mᵐᵉ Durand de Lectoure. Elle se mit à murmurer machinalement : « Ah! mon Dieu!... Ah! mon Dieu!... » Elle se demanda ensuite pourquoi cette exclamation lui échappait, et elle se répondit : « Mais il l'aime! Nous voilà bien! »

Heureusement, l'attention du public fut divertie par l'opportune arrivée de M. Durand de Lectoure, qui ne pouvait, à titre de sénateur radical-socialiste, prendre part à un repas de première communion, mais qui venait pour le dessert.

## XXVII

La fin de cette belle journée fut accablante pour Mᵐᵉ Durand de Lectoure. Elle attribua le malaise qu'elle éprouvait à la chaleur, et comme elle ne se sentait point capable de faire le moindre mouvement, elle résolut, par contradiction, de rentrer chez elle à pied.

— Cela, dit-elle, me remettra. J'étouffe.

Elle pria son mari de l'accompagner.

Tous les physionomistes savent qu'il y a une correspondance nécessaire entre l'expression des émotions et ces émotions elles-mêmes : si bien qu'on n'en saurait éprouver une, sans faire la mine, le geste, ni sans prendre le son de voix qui la trahit, et que réciproquement l'on ne saurait faire cette mine, ce geste, ni prendre ce son de voix, sans se suggérer l'émotion qu'ils expriment. Ainsi, quand Mᵐᵉ Durand de Lectoure eut marché à peine cent pas pendue au bras du sénateur, tirant le pied, enfin comme une pauvre vieille écrasée sous le faix de l'âge, elle se dit : « Mais j'ai cent ans! » Elle remarqua, assez drôlement, que c'était plutôt le jour de se trouver rajeunie, et qu'une mère qui vient de baptiser sa fille n'est pas d'ordinaire sur le soir de la vie. Puis elle se rappela soudain ce regard révélateur de Gerbaud à Catherine, qui l'avait fait s'écrier intérieurement : « Mais il l'aime ! » Et elle sentit une angoisse affreuse, elle se raccrocha désespérément au bras de son mari. Elle songea que ce brave homme était son soutien naturel, peut-être unique. Cette réflexion lui inspira de la sécurité et à la fois de la mélancolie. Le sénateur lui dit :

— Qu'as-tu donc, Madame Durand? Vas-tu être reprise de tes vertiges d'estomac?

— Je n'en sais rien, répondit-elle, mais je crois que je me coucherai en rentrant.

A peine l'eut-elle dit qu'elle se sentit mieux : un orage grondait au lointain, une brise plus fraîche la ranima. Elle fut caressée en même temps comme d'un souffle d'optimisme. Elle s'avisa que Gerbaud aimait peut-être Louloute, mais qu'il faut être deux, et que ce n'est pas au lendemain de sa première communion qu'une croyante trompe son quatrième mari. « Et l'on dit du mal de la religion ! » pensa M^me Durand de Lectoure, qui n'avait pas encore la foi, mais qui se fiait déjà au bon Dieu du soin d'arranger ses petites affaires personnelles. Elle observa que le christianisme est plus secourable que les religions de l'antiquité. Puis elle s'écria (en elle-même) furieusement : « Au besoin, je m'adresserai à M. l'abbé Sauvage, qui saura mettre le holà. »

— Je vais décidément me coucher, dit-elle (cette fois à voix haute) en franchissant le seuil de son hôtel.

Mais d'abord elle demanda son courrier. Il n'y avait qu'une lettre, portée, d'Olivier Maudru. Le maître lui annonçait, avec des timidités bizarres de syntaxe, que sa pièce était, vu la température, différée jusqu'à la prochaine saison; que l'on continuerait néanmoins de répéter tout doucement jusques environ le 14 juillet; que l'on recommencerait tout aussi doucement le 1^er septembre; et enfin qu'il ne pouvait pas, à son grand regret, venir dîner ce soir.

— Il me semble que *votre* Maudru *nous* lâche joliment depuis quelques mois, dit le sénateur d'un ton agressif.

Clémence baissa les yeux.

— Tu ne vas pas me laisser dîner seul? ajouta le despote.

— Non certes, mon ami, repartit M^me Durand, confuse. Je me relèverai à huit heures.

Elle se mit à son aise et s'étendit sur une chaise longue, où elle tenta vainement de dormir, puis de lire. Elle était en proie à deux idées, que l'on peut dans une certaine mesure appeler idées fixes, mais qui alternaient. Tour à tour, elle rêvait à cette fatale inclination que Gerbaud avait prise pour Louloute et aux mystérieuses menées de Maudru. Elle gagna ainsi l'heure du dîner. Elle fit son devoir et prit place vis-à-vis du sénateur, mais elle ne put toucher à rien du tout. Durand, qui dévorait, lui disait sans pitié :

— Pourquoi jeûnes-tu?

— Parce que je n'ai pas faim, mon ami, répondait-elle, comme le loup au petit chaperon rouge.

— On mange tout de même, répliquait ce mari égoïste. Je mange bien, moi !

Quand il fut repu, il déclara, de mauvaise humeur, qu'il ne savait point dîner seul et que cela lui coupait l'appétit. Il jeta sa serviette. Clémence eut la bonté de lui proposer une partie de cartes, mais ils furent réduits à faire un piquet, n'étant que deux; et Durand, qui haïssait ce jeu, ne manqua point de remarquer aigrement :

— Si nous étions trois, nous pourrions faire un bridge.

— Oui, répondit M^me Durand de Lectoure avec une patience inaltérable.

Elle eut enfin congé de s'aller mettre dans son lit, où elle s'endormit, par bonheur, presque aussitôt. Mais elle fut réveillée par un bruit. Elle fit de la lumière, vit qu'il était deux heures du matin, et entendit que l'on frappait à sa porte.

— Qui est là? demanda-t-elle.

— Tu n'as pas les clefs de la lingerie, maman? lui répondit une voix si changée qu'elle n'aurait pas reconnu sa fille sans ce dernier mot.

— Pourquoi faire? dit-elle.

— Je voudrais une paire de draps, dit Louloute.

— Comment? c'est toi? s'écria (seulement alors) M^me Durand de Lectoure. A une heure pareille ! Qu'est-ce que ça signifie?

Et elle courut ouvrir la porte, qui était fermée au verrou.

Catherine fit une entrée aussi naturelle qu'en plein midi, et s'expliqua d'abord, avec sa concision et sa verdeur coutumières.

— Ça signifie, dit-elle, que j'ai fichu le camp de chez moi et n'y reficherai jamais les pieds. Ce serait trop bête d'aller à l'hôtel quand j'ai ici mon appartement. Comme j'ai toujours gardé la clef, je comptais ne déranger personne : je ne pensais plus que tout mon linge est là-bas. Prête-moi des draps, s'il te plaît, je tombe de sommeil.

M^me Durand de Lectoure envisageait sa fille avec stupeur.

— Pourquoi, murmura-t-elle enfin, as-tu fichu le camp de chez toi et n'y reficheras-tu jamais les pieds?

— Pourquoi? Ça se devine, repartit Louloute en haussant les épaules. Jules... (elle fit précéder ce petit nom du pronom démonstratif, et glissa entre les deux plusieurs épithètes qui ne s'écrivent pas en toutes lettres), Jules ne veut pas comprendre qu'il n'est rien pour moi au regard de l'Église. Je l'excuse : c'est un païen. Mais il m'embête. Il m'a fait une scène interminable et ridicule. Il allègue « ses droits », en style de réunion publique ! J'ai pris la porte, tout bonnement. Je voudrais bien me coucher, prête-moi une paire de draps.

— Tout peut encore s'arranger, dit M<sup>me</sup> Durand de Lectoure. Pourquoi ne l'épouserais-tu pas ? Après tout, il est ton mari.

Louloute ne prit point garde à la bizarrerie de cette phrase, et déclara qu'elle n'épouserait pas son mari pour deux raisons, savoir qu'il refusait de passer par l'église et qu'elle-même préférait divorcer.

— Encore ! s'écria Clémence effarée.

— Je divorcerai facilement, dit Louloute, puisque j'ai abandonné le domicile conjugal. C'est une affaire de six semaines.

— Plus deux mois, sinon trois, de délai d'appel et dix mois de stage, total quatorze ou quinze mois, dit M<sup>me</sup> Durand de Lectoure qui semblait triompher en énonçant ces chiffres formidables. Tu ne pourras pas refaire ta vie avant quatorze ou quinze mois ! Ma pauvre Louloute ! Te crois-tu donc capable de rester un si long temps sans te marier ?

— Quinze mois garçon ! Quelle veine ! s'écria Catherine, d'un tel accent que sa mère ne put se tenir de rire.

Cette bonne gaieté rendit à M<sup>me</sup> Durand de Lectoure sa présence d'esprit et son optimisme.

— Tu dis, fit-elle, que Jules ne veut pas se marier à l'église ?

— Et jamais plus je ne me marierai autrement, protesta Louloute.

« Il en est d'autres que, Jules, pensa M<sup>me</sup> Durand, qui ne voudraient pas, qui ne *pourraient* pas se marier à l'église... » Elle fut, dans l'instant même, rassérénée. Elle félicita sa fille de lâcher Jules, et la remercia de n'avoir point voulu d'autre asile que le toit paternel.

— C'est toujours là que l'on finit par revenir, dit-elle d'un ton pénétré.

Elle passa une robe de chambre et conduisit Louloute à la lingerie.

Sur l'escalier, ces dames trouvèrent le sénateur, qui avait entendu le bruit, et qui faisait une ronde, en chemise, le revolver à la main. Cette rencontre acheva de les mettre en joie. Catherine dit à son père :

— Avec ton citoyen Browning, tu as l'air d'un apache ou d'un anarchiste.

On lui raconta la chose sommairement. Bien qu'on ne lui demandât pas son avis, il ne se priva point de dire que cette histoire lui paraissait extravagante. Mais il observa la bonne mine et l'air d'animation de Clémence.

— Vous êtes étonnante ! fit-il. On dirait que cette nouvelle absurde vous a guérie !

— Ma foi oui, répondit M<sup>me</sup> Durand de Lectoure. Mon malaise est dissipé. Je vais très bien maintenant, malgré le réveil en sursaut. Très bien. Je vous remercie.

## XXVIII

Le logis de M. l'abbé Sauvage est une chose de beauté ; en d'autres termes, les moindres détails de l'ameublement et de la décoration furent imaginés pour concourir à un certain effet d'ensemble et provoquer chez les visiteurs le jugement esthétique. A vrai dire, c'est le contraire qui arrive d'abord. La rue est triste, presque misérable, la maison négligée, l'entresol, où il demeure, fort sombre, et les meubles, exactement octogénaires, rappellent ceux des concierges — des concierges vieux jeu : car les modernes ne veulent plus que du Louis XVI, qu'ils savent très bien distinguer du Louis-Philippe. Mais l'on se sent, dès l'antichambre, enveloppé d'une sorte d'atmosphère et pénétré d'une sorte d'agrément ; et l'on devine que le prêtre a dû choisir à dessein ces canapés, ces fauteuils de salon, probablement affreux, mais dissimulés sous des housses de fort aimable toile de Jouy, et bêtement rangés tout le long des murs ainsi que dans un parloir de presbytère ou de couvent ; ces grandes chaises de salle à manger à colonnes torses, ce buffet de chêne grossièrement sculpté, cette table rocailleuse, dont les quatre griffes écorchent une élégante sparterie ; ces fauteuils Voltaire de la chambre à coucher, et ce grand lit bateau, dont l'acajou, heureusement vieilli, réjouit l'œil par sa teinte chaude et par la fantaisie de ses veines. L'on devine que l'abbé les a dû choisir, et en même temps l'on ne doute point qu'il ne les ait hérités de sa mère et qu'il ne les ait conservés par piété filiale, malgré les révoltes de son goût. Cela est touchant.

Depuis environ un siècle que nos artistes décorateurs n'inventent plus rien et copient servilement les modèles d'autrefois, ils en ont tant reproduit qu'ils ne savent plus à quelle époque se vouer. Ils se sont mis dernièrement à imiter des papiers et des tentures contemporains des meubles de l'abbé, et qui étaient fort laids en ce temps-là, mais qui sont devenus charmants, sans doute pour la raison qu'allègue Boileau, que la copie des plus vilains monstres plaît aux yeux.

Ce caprice de l'industrie française est venu à point pour M. l'abbé Sauvage, qui a pu restaurer son appartement dans le style de son affreux mobilier, et faire ainsi, de la combinaison de ces laideurs, quelque chose d'amusant, comme parlent les peintres, et qui se tient. Il faut avouer que les rideaux rouge fraise du réfectoire sont appétissants, et que les rideaux jaune perroquet de la chambre sont impayables. Le salon est mauve. L'abbé y a suspendu des portraits d'ecclésiastiques du grand siècle, d'après Philippe de Champaigne. Ils y font belle figure, mais contrarient le dessin du papier, où l'on voit alternativement tous les dix centimètres, en des médaillons octogonaux, un jeune berger en lutte avec un bouc qu'il a saisi par les cornes, et une jeune bergère occupée à traire une chèvre.

Dans ce salon se trouvent les deux bibliothèques de l'abbé. L'une contient des livres de théologie orthodoxe et les œuvres des principaux littérateurs d'aujourd'hui, convertis ou à convertir, avec de respectueuses dédicaces; l'autre, que l'abbé appelle son enfer, contient tous les livres de théologie ou de littérature que la Sacrée Congrégation de l'Index a prohibés. Il n'y touche plus; mais comme il est grand amateur de lecture et qu'il se tient au courant, il les a lus tous avant le décret de condamnation; et il s'en souvient, car il a cette mémoire des prêtres, qui ne le cède qu'à celle des princes. Rome, d'ailleurs, ne prend la peine de condamner que les ouvrages douteux : elle néglige les autres. De sorte que bien des livres d'une haute piété sont interdits aux fidèles pour quelque hérésie imperceptible que l'auteur y a lâchée sans le vouloir, tandis que des livres abominables ne sont pas même signalés. M. l'abbé Sauvage ne croyait point pécher en lisant et en relisant ces livres abominables quand ils étaient écrits en bons français, et il profitait sans aucun scrupule de cette négligence de la Sacrée Congrégation de l'Index.

C'est ainsi que le lendemain du jour où il avait baptisé, communié et confirmé Louloute, songeant, par association d'idées, à Olivier Maudru, il prit dans sa bibliothèque le plus fameux roman philosophique de cet auteur, intitulé, comme chacun sait, *Commode, ou le Pragmatisme*. On sonna. Il n'aime pas d'être dérangé quand il lit; mais il ferait conscience de laisser dire qu'il est sorti quand il ne l'est point. La servante. de type traditionnel et d'âge canonique, introduisit donc dans le salon-parloir la personne qui avait sonné. C'était Louloute elle-même.

— Voyez ce que je lisais ! lui dit l'abbé avec bonhomie.

Mais Louloute n'est point du tout flattée lorsque l'on fait devant elle allusion à l'ami de sa mère. Elle affecte de ne rien savoir, et prend toutefois un air pincé. Par égard pour la robe de M. Sauvage, elle fit une petite inclination cavalière; puis elle exposa son cas, sans plus de rhétorique. Elle venait, comme on devine, faire connaître à l'abbé l'incroyable prétention qu'avait manifestée la veille au soir son mari, d'être son mari. Sachant qu'en ces matières, lorsque l'on s'adresse à un confesseur ou à un directeur, l'on peut et l'on doit mettre les points sur les *i*, elle les mit de telle façon que l'abbé ne pouvait se défendre de crier en l'écoutant, comme si les prétentions de ce Duval lui eussent paru monstrueuses. Mais il a un grand fonds de bon sens, et elles lui paraissaient au contraire fort naturelles. Aussi se borna-t-il à dire, en manière de conclusion, quand Louloute eut achevé son récit :

— C'était à prévoir.

Puis il voulut donner à sa réponse un tour plus philosophique, et il ajouta :

— M. Jules Duval ne croit à rien : il ne serait donc pas conséquent s'il obéissait aux commandements de l'Église. Pour juger avec impartialité les actions de notre prochain, nous devons d'abord nous placer à son point de vue.

— Oui, dit Louloute; mais comme, dans la pratique, je ne changerai pas de point de vue, ni lui, j'ai tout bonnement abandonné le domicile pseudo conjugal, et je suis retournée chez ma mère.

— Je vous en félicite de tout mon cœur,

dit l'abbé. Comment se porte-t-elle depuis hier cette chère dame?

— Très bien, merci, dit Louloute.

Au même instant, on sonna, et cette fois-ci la servante présenta une carte de visite à l'abbé, qui poussa une exclamation.

— Qui est-ce donc? demanda Louloute, sans penser que cela ne se fait point.

Mais l'abbé lui répondit avec la même simplicité :

— C'est M. Gerbaud. Si je m'attendais !...

— Il est séduisant, dit Louloute avec feu, et j'aurai plaisir à le voir.

— Je ne doute pas, repartit l'abbé, non sans malice, qu'il n'ait autant de plaisir que vous; mais je dois d'abord m'enquérir de ce qu'il me veut. Permettez-moi, ma chère enfant, de vous faire passer quelques minutes dans ma modeste salle à manger.

Louloute sortit à gauche, tandis que Gerbaud était introduit par la porte de droite. L'ancien ministre a toutes les audaces à la tribune, et toutes les timidités dans un salon. C'était, de plus, la première fois qu'il rendait visite, lui, anticlérical, à un curé. Il perdit la tête. L'abbé ne fut pas moins ahuri, et, faute d'un meilleur sujet de conversation, expliqua la division de sa bibliothèque, dont il sortit quelques tomes. Il fit ensuite admirer à Gerbaud les portraits de Philippe de Champaigne : bref, ce fut la tournée du propriétaire, et le ci-devant ministre, quand il eut exploré le salon, mit tout naturellement la main sur le bouton de la porte qui conduisait à la salle à manger.

— Pas par là ! s'écria l'abbé.

Gerbaud l'interrogea des yeux. Il devint fort rouge et dit :

— J'y ai fait retirer une jeune femme avec qui j'étais en conférence lorsque ma servante vous a annoncé.

Les yeux du ministre interrogèrent encore. L'abbé devint encore plus rouge et murmura : « Mme Catherine... » (car il ne savait point quel nom de famille lui donner).

Cette transition était providentielle. Gerbaud, recouvrant soudain la parole, déclara qu'il aimait « Mme Catherine » à la folie, qu'il suppliait l'abbé de le lui faire savoir et qu'il la voulait prendre pour femme, devant Dieu s'entend, à condition que cela se pût faire sans trop de publicité, sans non plus de dissimulation : car il a le courage de ses actes. L'abbé s'était remis à pousser de petits cris d'étonnement; mais il ne pouvait pas être si étonné, puisqu'il avait prévu ou prémédité lui-même ce dénouement depuis plusieurs mois. Aussi se contenta-t-il de répondre à Gerbaud :

— Mon fils, le dessein de Dieu apparaît en tout ceci, et c'est lui certainement qui a permis cette étrange rencontre. Mais comment allons-nous procéder? Voulez-vous que je vous mette sur-le-champ en présence de la jeune personne?

— Non ! s'écria Gerbaud éperdu.

L'on sonna une troisième fois. La servante apporta, sur une assiette, une carte, qui était celle de Jules Duval. Les traits de M. Sauvage se décomposèrent, comme si on lui eût annoncé une descente de la police. Il montra la carte à Gerbaud, qui fut atterré. Mais l'abbé se ressaisit bientôt.

— Allons, murmura-t-il en souriant, le sort en est jeté. Passez par là, monsieur le ministre.

Et il poussa Gerbaud dans la salle à manger, puis, se tournant vers sa servante :

— Faites entrer le mari, dit-il.


## XXIX


Jules Duval attribuait à Dieu, ou à l'abbé Sauvage, son déboire conjugal et la révolte de Louloute. Il n'espérait pas d'atteindre Dieu (outre qu'il n'y croyait point); mais l'abbé lui semblait une personne plus réellement existante, sur laquelle il pourrait passer sa colère. Aussi arrivait-il dans le charmant logis avec l'intention d'y casser tout, et de plus ayant recherché en son Michelet et appris par cœur quelques phrases « bien tapées », qu'il comptait de servir à ce monsieur, en guise de commentaire, durant l'opération. Mais le courage lui faillit dès la porte; il sentit, comme Gerbaud, l'horreur sacrée; le mécréant hésita sur le seuil du prêtre. Il n'eût pas été plus ému de se trouver subitement, lui, républicain, en présence d'un prince ou d'une princesse de maison régnante, ni plus empêché de leur dire leur fait par le souci de tourner cela sans enfreindre le protocole. « Ce que c'est que de nous ! murmurait-il, en comprimant de ses deux mains son cœur qui battait avec force. Combien pèsent sur notre *mentalité* vingt siècles d'hérédité chrétienne ! » L'accueil fort embarrassé de M. Sauvage aurait pu le rassurer pleinement, mais ne le rassura point du tout. Ils jouèrent la scène, classique au théâtre, des deux sourds, des deux aveugles, des deux timides; ou plutôt ils ne la jouèrent point, car, après le bonjour, ils ne se dirent plus rien pendant un temps fort long. Duval se demandait sérieusement : « Avant d'adresser la parole à un prêtre qu'on rencontre ailleurs que dans le monde, ne sied-il pas de marmotter un *pater* ou de solliciter sa bénédiction? »

Cette idée lui était suggérée par un vieux souvenir des rites de la confession. Il fit une mine de pénitent, qui détermina ses sentiments, selon l'usage. Il éprouva une contrition véritable, puis une grande pitié de lui-même, et il s'écria enfin (au lieu de tout casser) :

— Monsieur l'abbé, je suis bien malheureux !

—Je le sais ! Prenez donc la peine de vous asseoir, repartit l'abbé avec sa bonté coutumière.

— Merci ! dit Jules, en se laissant choir, accablé, sur une chaise de forme bizarre, où alternaient, ainsi que sur la muraille, le berger au bouc et la bergère à la chèvre.

Mais il se releva dans le même instant, comme si tous les ressorts de cette chaise se fussent débandés sous lui, et il cria :

— Comment, vous le savez? Vous l'avez donc vue?

— Oui, fit l'abbé Sauvage, épouvanté à l'idée des demi-mensonges où il s'embarquait.

Il balbutia, pour détourner la conversation :

— Soyez sûr que je ne lui ai donné que de bons avis, des conseils raisonnables.

— Oh ! j'en suis bien sûr, dit l'infortuné Duval, en se rasseyant, et en saisissant avec une confiance passionnée les deux mains du prêtre.

Puis il entama sans désemparer le récit de la nuit fatale, bien que M. l'abbé Sauvage lui vint précisément de dire que ce récit était superflu; et il le fit encore plus circonstancié que ne l'avait fait Louloute; il mit effroyablement, comme elle, les points sur les *i*, étant, comme elle, persuadé qu'un prêtre ou un médecin peuvent tout entendre.

D'ailleurs, M. l'abbé Sauvage, en son trouble croissant, n'entendait et n'écoutait rien. Sa terreur fut portée au comble par un incident assez ridicule : on éternua dans la salle à manger ! « Agathe a encore laissé la

fenêtre ouverte », se dit-il, et il trembla que le mari ne reconnût la façon d'éternuer de sa femme. Il fit réflexion qu'on ne reconnaît pas un éternuement comme une voix; mais cette remarque juste n'apaisa point sa conscience. Il a trop lu de romans pour entendre une personne cachée qui éternue, sans imaginer aussitôt des péripéties scabreuses. Il sentit alors l'imprudence qu'il avait commise, en laissant Catherine et Gerbaud ensemble, seuls, et il n'eut point de cesse qu'il ne fût allé voir de ses yeux s'ils étaient bien sages.

— Je vous demande pardon de vous interrompre, dit-il brusquement à Duval; mais j'ai là quelqu'un à qui je dois faire prendre patience : je reviens dans une minute.

— Allez donc, répondit Jules Duval avec indifférence, car il était à cent lieues de se douter que son honneur fût en péril dans la pièce voisine, et que M. l'abbé Sauvage se dérangeât afin d'y veiller.

L'abbé se fit le plus mince qu'il put pour se glisser dans la salle à manger sans ouvrir la porte toute grande. Il a une faculté d'intuition et pensait bien voir du premier coup d'œil où en étaient les affaires du ci-devant ministre. Mais Louloute ne lui laissa seulement pas le temps d'un coup d'œil. Elle courut à lui toute joyeuse, et lui cria dans le visage :

— Arrivez donc ! Qu'on vous annonce une grande nouvelle ! Nous sommes fiancés !

— Quoi? Vous deux? fit l'abbé. Ah ! mon Dieu !... M. Gerbaud ne vous a donc pas dit?... Et votre mari qui est là !

Louloute assura qu'elle n'avait jamais rien vu de si drôle que cette situation; et elle se mit en effet à pousser de tels éclats de rire que l'abbé eut une sueur froide.

— Au nom de Dieu, taisez-vous ! dit-il. On entend tout. Je vous ai même entendue éternuer.

— Non, c'était moi, dit Gerbaud.

Louloute, qui avait repris son sérieux, annonça au prêtre qu'elle comptait réaliser son nouveau mariage dans le plus bref délai.

— Hélas ! dit-il, vous savez bien que c'est impossible. Vous n'êtes pas même divorcée encore, et vous en aurez, après le divorce, pour un an au bas mot.

Louloute déclara que ce coup-ci elle se fichait du mariage civil et ne se souciait que du sacrement de mariage, qu'elle prétendait se faire administrer dans la quinzaine. L'abbé lui remontra que cela était encore impossible, à moins d'aller en Angleterre, et que pas un prêtre de France ne s'y frotterait.

— Vous vous y frotterez cependant, dit Louloute, car je veux que ce soit vous.

Et elle exposa un plan de campagne, qu'elle venait d'improviser. Elle dit à l'abbé que ses parents étaient propriétaires d'un château historique, où se trouvait une chapelle, qu'on avait déjà restaurée pour l'amour de l'art, en attendant une occasion de la rendre au culte. En pouvait-on souhaiter une meilleure que la célébration d'un mariage secret? Louloute fit, de plus, observer à son directeur les avantages d'une combinaison, qui lui permettait d'épouser Gerbaud devant Dieu sans qu'on le sût, et qui permettrait à Gerbaud, l'année prochaine, quand elle l'épouserait au grand jour, d'avoir l'air de ne se marier que civilement.

L'abbé Sauvage allait risquer quelques objections, quand Louloute s'approcha par hasard de la fenêtre, regarda dehors et s'écria :

— Quel toupet ! Il est venu dans mon automobile !

Puis elle ajouta :

— Tiens, au fait. j'en vais profiter pour reprendre possession de ma « vingt-chevaux ». Gerbaud, je vous reconduis?

— Volontiers, dit le ci-devant ministre.

Ils décampèrent. L'abbé n'était point fort à son aise quand il rentra dans le salon, et le fut encore moins quand il vit la figure que faisait Duval. Ce grand artiste, pour passer le temps, s'était approché de la fenêtre; il assistait, impuissant, à la mise en marche de sa voiture et au départ de sa femme, accompagnée de Gerbaud.

— C'était elle ! cria-t-il, en marchant sur l'abbé qui ne lui inspirait plus aucun respect.

— Je vous affirme, balbutia M. Sauvage, que je ne lui ai donné que de bons avis.

Mais Duval était déjà dehors, bien qu'il n'eût aucun espoir de rattraper les fugitifs.

L'abbé sentit une grande paix intérieure, à peine concevable après de si furieux assauts. Il s'installa dans un fauteuil, se remit à lire *Commode ou le Pragmatisme*, et n'y prit pas un moindre plaisir que précédemment. Mais le plaisir ne fut pas de longue durée : on sonna encore, et il demeura stupide en voyant entrer Olivier Maudru. Il lui tendit cependant le livre et dit en souriant :

— Voyez ce que je lisais. Cela n'était nullement préparé.

— Merci, fit d'une voix à peine perceptible Maudru, qui n'était pas moins troublé que Gerbaud ou Duval, et pour la même raison.

Il eut tout juste la force d'annoncer à M. l'abbé Sauvage une grande nouvelle : son mariage très prochain avec M^lle Valentin (de l'Odéon). Comme il ne souffla point mot de bénédiction nuptiale, l'abbé se contenta de le féliciter assez froidement.

Maudru reprit, avec un embarras extrême :

— Je crains que ce mariage ne porte un coup bien cruel à M^me Durand de Lectoure, ma vieille amie... Je sais toute sa confiance en vous, ses sentiments... du moins ses aspirations, ses velléités religieuses... et j'ai pensé que vous seul pourriez lui adoucir ce coup... lui offrir des consolations...

— Dont elle aura le plus grand besoin, fit l'abbé d'un ton sec, qui voulait dire : « Brisons là, ceci ne regarde plus que moi. »

C'est ainsi que le prit Maudru, car il se retira presque aussitôt, non sans avoir remercié le prêtre avec effusion de sa grande bonté et de sa largeur d'esprit. Un geste de M. l'abbé Sauvage sembla protester contre ce dernier compliment. Pourtant, dès que Maudru fut sorti, il se remit à lire *Commode ou le Pragmatisme*, et les sourires qu'il faisait en lisant ne trahissaient point un génie étroit.


## XXX


M. l'abbé Sauvage n'avait repris sa lecture, à la sortie de Maudru, que pour s'interdire une méditation précipitée sur les événements dont il venait d'être le confident ou le témoin. Mais il se mit brusquement à y penser dès qu'il eut refermé le livre : il fit d'abord réflexion que M^me Durand de Lectoure recevrait deux coups cruels, et non pas un seul coup, lorsqu'elle apprendrait à la fois le mariage de sa fille avec Gerbaud et le mariage de son ami avec M^lle Valentin (de l'Odéon). Il n'était pas sans avoir observé l'inclination de cette bonne dame pour le ci-devant ministre. Il en savait peut-être là-dessus plus long qu'elle-même. Comme il ne connaît que son devoir, il se rendit chez elle sans tarder, et il fut bien aise de lui trouver un air de contentement. « Allons, se dit-il, elle prend honnêtement la chose » (car il ne doutait point que Louloute n'en eût fait part à ses entours). Et il crut pouvoir adresser à l'heureuse mère ses compliments sans aucune précaution oratoire.

L'effet fut désastreux. Comme rien ne se passe dans cette famille selon la banalité des règles, Louloute n'avait encore rien dit. Clémence demeura stupide et parut, durant quelques minutes, être tombée dans le coma. Quand elle recouvra le souffle et l'usage de la voix, elle se mit à pousser des cris. Mais elle ne pouvait déclarer le véritable motif de son indignation. Elle dit simplement que ces mariages réitérés lui paraissaient scandaleux, et que l'utile loi du divorce se ferait à la fin abroger, si l'on ne cessait pas d'en abuser de la sorte. Ce n'était point là où le bât la blessait, et l'abbé ne s'y trompa point; mais il ne pouvait avoir l'air d'entendre que ce qu'elle disait en toutes lettres et non pas ce qu'elle pensait intimement. Il répondit qu'à ses yeux *Mademoiselle* Catherine allait se marier pour la première fois. Cela était sans réplique et M^me Durand de Lectoure eut le sifflet coupé.

Il n'est point de psychothérapie meilleure que cette tyrannie des convenances, qui nous empêche d'avouer à autrui ou à nous-mêmes nos véritables sentiments : fatalement, en fort peu de temps, cet étouffement les atrophie ou les oblige à se modifier. C'est ainsi que, devant même la retraite de monsieur l'abbé, M^me Durand de Lectoure semblait avoir pris son parti de ce mariage. Elle y trouvait même une certaine douceur amère. Elle était prête au renoncement, au sacrifice. Elle ne portait plus à son futur gendre qu'une tendresse quasi de belle-mère, dérivée de cette affection déjà un peu maternelle qu'elle lui avait portée antérieurement.

Bien que l'abbé (qui a l'œil, comme on dit, en ces matières) se rendît parfaitement compte d'une si heureuse évolution, il ne jugea pas expédient d'assener à M^me Durand de Lectoure le second coup cruel, et il partit sans dire mot du mariage de Maudru et de M^lle Valentin. Il s'en confessa le lendemain à Maudru, qui revint, tout anxieux, lui rendre visite; et il n'osa point davantage, les jours suivants, troubler la quiétude de Clémence, qui était sur le point de partir pour

la campagne et ne songeait plus qu'à exécuter le programme absurde de Louloute. Maudru aurait préféré en finir, mais, d'autre part, cette réserve, qui lui évitait des scènes, ne déplaisait point à sa pusillanimité naturelle, et il fit « ouf » quand il eut mis en wagon M^me Durand de Lectoure, qui, contre toute vraisemblance, ne se doutait toujours de rien.

Il fut de la gare chez sa fiancée (qui n'avait pas eu davantage d'explications avec Gerbaud, vu que Gerbaud ne se souciait pas plus qu'elle d'en avoir). En chemin, il songea tout d'un coup avec terreur : « Durand a la manie de lire les publications de mariage tous les lundis dans son *Figaro !* Le pétard éclatera lundi prochain. » Mais le pétard n'éclata point, pour la raison que Maudru ne s'appelait pas Maudru et que M^lle Valentin ne s'appelait pas M^lle Valentin. Il s'appelait Bompain et elle Cruchet; et comme ils avaient renoncé tous les deux à ces jolis noms bien avant que d'être célèbres, personne au monde ne les soupçonnait, à commencer par les Durand de Lectoure et Gerbaud même. Maudru courut à la mairie, obtint sans peine d'être inscrit sous le nom de Bompain, et non de Bompain dit Maudru, et fit également réduire M^lle Valentin à son nom patronymique de Cruchet. Durand lut, en effet, les publications le lundi suivant, et M^me Durand les lut aussi; mais ils remarquèrent seulement que cette Cruchet, de l'Odéon, ne figurait pas souvent sur les affiches, et que ce Bompain, homme de lettres, ne jouissait pas de la moindre notoriété.

— N'importe qui peut s'intituler homme de lettres ! dit le sénateur avec un souverain mépris.

Maudru-Bompain reçut le mardi une longue épître de M^me Durand de Lectoure, qui lui témoigna qu'elle continuait à ne se douter de rien. Il s'en félicita. Mais il était tout désheuré, et ne savait que faire de la liberté que l'absence de sa vieille amie lui procurait. Ses visites à M^lle Cruchet-Valentin avaient beau être interminables, elles ne remplissaient pas ses journées. Il avait l'habitude d'être accaparé et régenté : privé d'une direction incommode, mais bien nécessaire, il se mit à faire des bêtises, comme il faisait chaque fois que M^me Durand de Lectoure s'absentait par grand hasard.

Il fut sollicité de donner une conférence dans une université de jeunes filles. Il choisit

un sujet peu approprié à un tel auditoire :
il parla du sabotage, à propos d'environ
trois mille attentats commis sur les chemins
de fer, et dont une douzaine au moins avaient
été punis. Comme il n'est pas né orateur,
il va généralement plus loin que sa pensée,
dans la crainte de n'aller pas jusqu'au bout
de sa phrase. Il n'hésita pas à enseigner que
le sabotage, comme autrefois l'émeute, est
le plus saint des devoirs, que nous sommes
en état de guerre sociale, que la loi de Lynch
est la seule loi imprescriptible, et que, dans
une civilisation avancée, chacun doit se
faire justice à soi-même.

Or, il y avait en ce moment un grand mouvement de l'opinion française, qui est plus
souvent unanime qu'on ne croit. L'on venait
de s'apercevoir, dans tous les partis, que
l'autorité a du bon, que l'emploi du gouvernement est de gouverner, et que nous ne
sommes point gouvernés depuis assez longtemps. Le ministre de la guerre, Gerbier des
Joncs, ne prit point garde que l'opinion de
la Chambre était, comme de coutume, oppo-
sée diamétralement à celle du pays (puisque
le gouvernement, qui ne gouverne pas, dis-
pose néanmoins d'une majorité considé-
rable); et il fit à la tribune des déclarations
si césariennes que le ministère en faillit tomber. M^me Gerbier des Joncs, cette femme
de tête, se demandait comment réparer la
bévue, quand un beau soir, Gerbier lui dit :

— Tu ne sais pas, amie, ce que je viens
d'apprendre par la Préfecture? Ce Bompain,
homme de lettres, qui se marie, n'est autre
qu'Olivier Maudru, et cette Cruchet, qu'il
épouse, est M^lle Valentin (de l'Odéon) !

Justement, M^me Gerbier des Joncs était
en train de lire, dans le journal *Le Temps*,
un compte rendu respectueux, mais ironique,
de la conférence de Maudru. « Voilà, pensa-
t-elle, une occasion de nous affirmer. » Et elle
fut, dès le lendemain, rendre visite à Maudru.

— J'ai appris par le plus grand des ha-
sards, lui dit-elle, que vous épousez M^lle Valentin. Comme vous avez raison ! Je reven-
dique l'honneur d'être son témoin ou le
vôtre, au choix.

Cette démarche parut au maître indiscrète
et singulière; mais, comme il n'est pas né
orateur, il ne sait pas tourner un « non » :
il se confondit en remerciements.

Il ne croyait point, au surplus, que cela
tirât à conséquence. Mais quand il arriva,

en fiacre, à la mairie, il fut bien étonné d'y
trouver une foule hétéroclite et, dans la salle
des mariages, trois cinématographes braqués. Il eut, ensuite, à essuyer un discours
de l'adjoint, qui le félicita de sa littérature,
et encore plus de sa conférence sur le sabotage. La petite M^me Gerbier des Joncs ap-
prouvait de l'œil et du geste : elle semblait
ravie, et elle se fût mariée en personne
qu'elle n'eût pas frétillé davantage. À la
fin de la cérémonie, c'est elle qui reçut le
plus de congratulations. Elle disait à chaque
personne :

— Vous venez au ministère, n'est-ce pas?

Car elle y avait fait préparer un de ces
horribles lunchs dont elle a le secret. M. et
M^me Bompain-Maudru, qui moins que tous
autres avaient pu refuser son invitation,
trouvèrent dans les salons de la rue Saint-
Dominique toute la gauche du Sénat et
de la Chambre, et même ce qu'il y a entre
la gauche et la droite, plus une collection
complète des cheminots qui n'ont pas encore été réintégrés. M^me Gerbier des Joncs
leur faisait servir des orangeades trop pâles,
des citronnades trop jaunes, des cerisettes
d'un rouge douteux; et elle leur offrait, d'un
ton de *compelle intrare*, des petits fours de
la rive gauche. Elle promit même de chanter son air favori. Mais, avant de se rendre
au piano, elle serra encore, avec effusion,
les mains des jeunes mariés, et elle dit à
Maudru-Bompain :

— Que M^me Durand de Lectoure doit
être heureuse ! Quel dommage qu'elle ne
soit pas ici ! Mais je viens de lui envoyer une
dépêche.


## XXXI


M^me Gerbier des Joncs aurait passé un
mauvais quart d'heure, si Maudru avait eu
l'élocution facile; mais, comme il n'est pas né
orateur, il craignit de s'embrouiller dans
l'indignation, et il préféra de feindre l'attendrissement.

— Voilà une pensée délicate, lui dit-il. Je
suis touché, je suis confus.

Il était affolé. Et il songeait, à part soi :
« Cette femme est-elle une sotte, ou une
peste? Quel besoin avait-elle de mander par
dépêche à M^me Durand la nouvelle de mes

noces avec M^lle Valentin? La pauvre Clémence apprend, en ce moment-ci peut-être, ma trahison, longuement préméditée, lâchement tue ! Elle l'apprend, à l'instant où elle vient de marier, sans plaisir, sa fille Catherine avec Gerbaud ! Fâcheuse coïncidence ! »

Les deux mariages avaient lieu précisément le même jour. Etait-ce bien un effet du hasard ou, comme dirait M. l'abbé Sauvage, un conseil de la Providence? N'était-ce pas, plutôt, une petite *combinazione* de Maudru lui-même, et qu'il se croyait bien malin d'avoir imaginée? A présent, il s'en mordait les doigts.

Olivier Maudru, comme tous les intellectuels, même les plus égoïstes, a une sorte de bonté littéraire, qui vient du scepticisme et d'un raffinement de culture. Il voulait bien tromper M^me Durand de Lectoure puisque cela lui était commode, mais il eût désiré qu'elle n'en souffrît point, et il regrettait infiniment qu'elle ne pût continuer de n'en rien savoir. « Elle doit, justement, être si fatiguée ! » se disait-il.

Clémence était, en effet, brisée de fatigue, pour plusieurs raisons, desquelles la première était l'immensité du château historique récemment acquis par Durand.

Le propre de l'âge qu'on appelle moderne est, dit-on, la suppression des distances. Nous ne les avons pas seulement supprimées en augmentant la vitesse des transports mécaniques et en pressant le rythme de nos mouvements, mais aussi en diminuant la mesure des décors où nous nous agitons. Il suit de là qu'un château qui date seulement de Louis XIV (c'était le cas), n'est plus logeable, faute d'être « à l'échelle ». Rien que la traversée de la cour d'honneur était une expédition pénible à accomplir à pied. On se mettait à la fenêtre, quand on voulait admirer le jardin à la française, dont l'étendue était décourageante. M^me Durand de Lectoure eût bien aimé de faire construire un appartement de plusieurs pièces dans sa seule chambre à coucher; mais le sénateur n'autorisait point de tels sacrilèges. Elle faisait involontairement d'énormes enjambées, comme les chanteurs sur la scène de l'Opéra, lorsqu'elle parcourait les salons de réception; et elle avait si grand'pitié de sa cameriste, quand elle l'obligeait de monter un étage, qu'elle offrait une chaise à cette fille essoufflée.

Les soucis qui l'obsédaient n'étaient pas moins fatigants pour le corps que tout ce travail matériel. Il s'agissait de préparer, puis de célébrer le mariage de Louloute en évitant la moindre publicité. Au premier abord, la difficulté ne paraissait pas insurmontable, puisque le parc, de cent soixante-quatorze hectares, était clos de murs, le pays désert à plusieurs lieues à la ronde, et qu'il n'y avait personne au château outre les intéressés, sauf un petit secrétaire de Durand, M. Point, jeune révolutionnaire de la plus grande espérance, qui ressemblait moralement à Robespierre et physiquement à Saint-Just; en tout petit.

Mais Durand, qui craignait les reporters plus que le choléra, en croyait voir un aux aguets derrière chaque tronc d'arbre, et, comme un tsar, ne se risquait dehors que muni de son revolver chargé. Il avait même renoncé (la mort dans l'âme) à faire jouer, le jour de la cérémonie, les grandes eaux, dont la restauration venait de lui coûter a bagatelle de deux millions et demi. Il avait défendu à Louloute de se fabriquer elle-même, pour la circonstance, une vraie robe de mariée, avec tous les attributs qu'au regard de l'Eglise elle avait encore le droit d'arborer; et il avait décrété qu'à l'heure dite, l'on se rendrait chacun de son côté à la chapelle, où l'on affecterait une grande surprise de se trouver réunis.

M^me Durand de Lectoure était si lasse de tant de tracas, qu'elle commençait de prendre beaucoup moins philosophiquement ce mariage de Gerbaud avec sa fille. Elle avait l'estomac et l'âme délabrés. Le matin du grand jour, elle se réveilla si dégoûtée de vivre qu'elle se dit : « Jamais je n'irai jusqu'au bout. » Elle sentit la vanité de cette parole, et qu'elle irait sans doute jusqu'au bout, parce qu'il faut ce qu'il faut. Et d'abord elle se hâta de se lever, pour aller avec son mari chercher à la gare M. l'abbé Sauvage, que, par prudence, l'on ne faisait venir qu'à la dernière minute.

Tandis qu'elle procédait, avec une étrange peine, à sa toilette, elle avisa, dans un tiroir de sa coiffeuse, une petite boîte ronde qui contenait des cristaux de cocaïne en poudre. Elle l'ouvrit. Presque machinalement, elle prit, du bout de l'ongle, quelques grains de cette poussière, et les aspira. Elle ne tarda point d'en ressentir les effets, qui semblent contradictoires. Ses idées, fort confuses depuis le réveil, devinrent lucides à l'excès, et sa sensibilité devint indifférente : jamais elle n'avait si clairement aperçu que le mariage de Gerbaud et de Louloute était pour elle une catastrophe, mais elle apercevait aussi le néant de toute chose, et cette catastrophe ne la touchait plus. Elle avait les mains glacées, mortes; mais les battements de son cœur étaient précipités, elle se sentait une énergie désespérée, indomptable; et quand le sénateur lui cria à travers la porte : « Allons, Clémence ! Es-tu prête? Il est temps ! » elle répéta : « Allons ! » comme un colonel de cavalerie commande : « Chargez ! »

L'abbé Sauvage lui agaça de nouveau les nerfs. Il avait un air d'effarement : pourquoi? Durand, qui n'était pas moins effaré, le cueillit à la portière du wagon, et le poussa quasi brutalement dans l'auto fermée, en observant du coin de l'œil l'attitude du chef de gare. Le sénateur observa ensuite, par le petit trou du couvre-glace d'arrière, si des émissaires de tous les journaux ne faisaient point cortège à sa voiture. Quand il eut enfin l'assurance de n'être point filé, il désigna du doigt un réticule que tenait M. Sauvage, et il dit à ce digne prêtre :

— Vous avez apporté toutes vos **petites** affaires?

— Oui, répondit l'abbé. Mais qui va me servir ma messe?

— Nom d'un chien de nom d'un chien ! fit le sénateur. Nous n'y avons pas songé. C'est bien naturel : nous n'avons pas l'habitude.

L'abbé, qui comprend tout, l'excusa, d'un geste.

— Nous voilà frais ! soupira M^me Durand de Lectoure.

Le sénateur et son épouse étaient si consternés qu'ils ne dirent jusqu'à l'arrivée plus un seul mot, et qu'ils oublièrent de signaler à leur hâte, en cours de route, les somptuosités de leur domaine.

Durand mit pied à terre le premier, sans façon, et appela d'abord à grands cris son petit secrétaire, qu'il savait homme de ressources. Il lui exposa la situation : M. Point sourit.

— Ne nous frappons point, dit ce jeune terroriste. Ignorez-vous, mon cher maître, que j'ai été élevé chez les Pères? Je ne m'en cache pas : d'ailleurs vous connaissez mes opinions. Mais j'ai la prétention de servir une messe aussi correctement que n'importe quel enfant de chœur, et je me ferai un plaisir...

Durand ne savait point trop s'il pouvait rire librement de cette drôlerie devant l'abbé; mais M. Sauvage lui en donna l'exemple et parut tout ragaillardi. Clémence l'était beaucoup moins, et n'avait point, pour le moment, l'esprit tourné au comique. Avant de se rendre à la chapelle (en se conformant aux minutieuses prescriptions du sénateur), elle monta furtivement à son cabinet de toilette et, pour renouveler sa provision d'énergie, renifla encore une pincée de la poudre blanche.

## XXXII

Les effets du poison furent cette fois un peu plus intenses. Le refroidissement des mains et des pieds devenait vraiment douloureux; surtout, la lucidité de la vision devenait importune. M^me Durand de Lectoure apercevait tant de minimes détails, que la cérémonie du mariage, que l'abbé escamotait, lui parut interminable. Elle voyait même plus loin que l'apparence : elle devinait les secrètes pensées de Gerbaud (impayable quand il s'agenouillait selon le rite), de Louloute, abîmée au pied de l'autel, du sénateur, qui se dandinait. Elle ne perdait pas une seule grimace de M. Point, qui servait la messe en artiste, avec tant d'autorité qu'il éclipsait l'abbé Sauvage et passait au premier plan.

Mais elle était affligée, en outre, d'une incommodité qu'elle n'avait point sentie, les premières fois qu'elle absorbait la drogue : un terrible besoin de jacasser la travaillait, et elle devait se cramponner au dossier de son prie-Dieu pour ne point tirer par le pan de sa jaquette M. Durand de Lectoure, à qui elle brûlait de communiquer ses impressions.

Clémence est une femme du monde trop accomplie pour parler haut dans une chapelle même privée; mais elle souffrit de se retenir. Puis elle fit réflexion que cette loquacité serait bien avantageuse tout à l'heure, pendant le déjeuner, où l'on pouvait craindre que la conversation ne languît; mais ses démangeaisons de discourir s'apaisèrent comme par enchantement, au moment juste qu'elles devenaient plus utiles, et elle put à peine finir une phrase par où elle s'excusait de manquer d'appétit.

La situation fut sauvée par M. Point, que sa messe avait mis en verve, et par la nouvelle M^me Gerbaud, qui n'éprouvait que l'émotion modérée, inséparable d'un cinquième début. Gerbaud, qui ne se mariait que pour la première fois, avait une gravité de circonstance; le sénateur était grognon, et l'abbé Sauvage, contrit de l'illégalité qu'il venait de commettre, autant que d'un péché mortel. L'on ne fut point fâché d'avoir à le reconduire de très bonne heure. Durand y alla seul, les mariés se retirèrent, et Clémence, qui se trouva soudain abandonnée, eut une crise de désespoir.

Dès qu'elle put réagir, elle gourmanda son ingratitude envers la Providence, qui lui avait donné pour soutiens deux hommes d'une valeur inégale, mais d'un dévouement et d'une tendresse pareils, savoir son mari et Maudru. Elle éprouva dans l'instant même une vive affection pour l'un comme pour l'autre, et elle eut un nouvel accès de loquacité. Malheureusement, elle ne pouvait causer ni avec le sénateur, qui était à la gare, ni avec Maudru, qui était à Paris : elle résolut d'écrire à ce dernier une lettre d'au moins douze pages, et elle retourna dans sa chambre, en passant par son cabinet de toilette, où elle prisa encore un peu de cocaïne.

Le refroidissement de ses membres fut si rapide et si terrible qu'elle comprit qu'il lui suffirait d'une prise de plus pour se refroidir à jamais. Elle vit le néant comme un gouffre ouvert, elle eut le vertige, une tentation affreuse... Elle pensa encore à Maudru, et elle se demanda, étonnée : « Comment peut-on désirer de mourir quand on a un tel ami? » Elle posa la boîte. Elle se traîna jusqu'à son bureau. Avec des temps, une lenteur incroyable, elle prit la plume, que ses doigts ne pouvaient pas serrer; elle ouvrit l'écritoire, prit une feuille de papier, une enveloppe; et d'abord, pour se mettre en train, elle écrivit sur l'enveloppe le nom et l'adresse d'Olivier Maudru.

C'est à ce moment qu'on lui apporta la dépêche de M^me Gerbier des Joncs, ainsi conçue :

*Suis de cœur avec vous devez être si heureuse mariage Maudru M^lle Valentin Hermine Gerbier des Joncs.*

Grâce au style télégraphique et à l'absence de ponctuation, elle ne comprit pas. Elle crut que cette dépêche faisait allusion au mariage de Catherine, et lui était adressée par trois personnes : Maudru, M^lle Valentin, la femme du ministre de la guerre. Elle fut choquée. « Olivier, se dit-elle, aurait bien pu prendre la peine et faire la dépense de m'envoyer un télégramme à lui tout seul... Moi qui allais lui écrire une si bonne, une si longue lettre !... L'idée ne me serait pas venue d'écrire en même temps à M^lle Valentin et à M^me Gerbier des Joncs... Hermine !... »

Subitement, elle s'avisa que trois personnes n'écrivent pas : *Suis de cœur avec vous*, mais : *Sommes de cœur...* Elle rétablit aussitôt le texte et la ponctuation de la dépêche, et c'est ainsi qu'elle apprit la trahison vilaine de son vieil ami.

Elle fut assommée de ce coup, mais elle n'en fut point surprise, et elle reconnut avec loyauté que jamais elle n'avait ignoré entièrement la liaison de l'homme de lettres et de l'actrice. Le fait nouveau était que cette liaison fût devenue indissoluble (si les mariages d'à présent se peuvent ranger sans ironie dans la catégorie de l'indissolubilité). M^me Durand de Lectoure eut le sentiment d'un désastre irréparable, et elle en souffrit; mais sa souffrance fut atténuée par la bienfaisante drogue, qui rendait sa sensibilité presque indifférente. Ne savait-elle pas aussi que le remède héroïque était à la portée de sa main, et qu'il lui suffisait d'aspirer une pincée de poudre pour ne souffrir définitivement plus?

Elle jugeait les choses de haut, avec détachement, avec une singulière impartialité : « Je ne suis plus, se disait-elle, qu'une maman qui vient de marier sa fille, une vieille maman. A un certain âge, il est normal, il est inévitable qu'on perde tout... Eh bien, et lui? s'écria-t-elle. N'est-il pas aussi arrivé à cet âge-là? » Cependant elle ne pouvait pas lui en vouloir, elle n'avait de colère et de haine que contre M^me Gerbier des Joncs, dont elle s'exagérait le crime : M^me Gerbier des Joncs ne s'était point doutée que M^me Durand de Lectoure ignorât le mariage de Maudru, et elle n'avait cru faire qu'une rosserie en lui adressant une dépêche de félicitations. Mais Clémence pardonnait à son ami, à sa rivale, et ne pardonnait pas à Hermine. Elle souhaita de durer, uniquement pour arracher les yeux à cette méchante femme. Puis elle calcula l'effort qu'il lui faudrait faire, et le temps qu'il lui faudrait encore supporter d'être, pour assouvir sa vengeance; et une lassitude infinie l'accabla. Et puis, quelle vengeance? Elle ne savait pas qu'inventer contre son ennemie. Son imagination était glacée, impuissante, comme ses membres. A quoi bon se donner tant de peine quand il était si facile d'en finir tout de suite ! Encore une pincée de poudre, et le grand froid remonterait de ses extrémités à son cœur, et la pensée, jusqu'à la dernière minute, resterait lucide, intacte, méprisante...

Alors, sans avoir pris, à proprement parler, de décision, elle retourna dans son cabinet de toilette. Elle n'agissait pas volontairement, elle obéissait aux suggestions de sa pensée. Chaque image déterminait un geste, un geste sûr et précis, mécanique. Mais la succession de ses mouvements était extraordinairement lente. Elle s'en rendait compte. Elle s'étonna de mettre si longtemps à traverser la chambre, à ouvrir la porte du cabinet, qu'elle ne referma point, à lever sa main si froide et qui déjà ne lui appartenait plus, à lever sa main pour atteindre, sur la tablette, la petite boîte...

Ce fut cette lenteur qui lui conserva la vie. Durand eut le temps d'aller à la gare et d'en revenir, de monter : il est vrai qu'il montait bon train, il grimpait comme un jeune homme. Et il criait :

— Clémence ! Clémence !

Elle entendit l'appel, qui lui parut venir de très loin. Le bruit de la porte, que Durand ouvrit brusquement, lui parut aussi lointain; et elle fut surprise de voir son mari tout près d'elle. Il tenait une dépêche froissée, il criait :

— Clémence ! Clémence !... Le ministère est tombé !

Tout son sang lui remonta au cerveau d'un seul coup. Elle ressuscita d'entre les morts. Et elle pensa : « Il n'est plus ministre ! Gerbier des Joncs n'est plus ministre ! *Elle* n'est plus femme de ministre ! » Elle essaya de remuer les lèvres, et elle goûta un ineffable plaisir quand elle put enfin prononcer ce qu'elle pensait :

— Il n'est plus ministre ! Elle n'est plus femme de ministre !

Ses lèvres décolorées s'entr'ouvrirent; ses yeux dont la pupille était dilatée, resplendirent; sa peau était transparente, les rides de l'âge s'effaçaient, elle semblait transfigurée, et son pâle sourire fut si mystérieux, si beau, que Durand s'oublia, pour la première fois depuis bien des années, à la considérer avec admiration.

Puis il observa son air étrange, il vit la petite boîte de pharmacie qu'elle tenait.

— Ah çà ! dit-il, qu'est-ce que vous faites? Etes-vous folle?

Et il voulut lui arracher le poison. Mais les doigts glacés qui se crispaient sur la petite boîte ronde, la laissèrent d'eux-mêmes échapper, et elle roula en se vidant sur le tapis.


## XXXIII


Clémence ne suivit point du regard l'objet que ses doigts, à son insu, laissaient échapper. Ses yeux, dont la prunelle se dilatait de plus en plus et dont les paupières ne battaient pas, se fixaient sur le sénateur. Le magnétisme de ces yeux trop ouverts et immobiles agit sur lui impérieusement : il était déjà fort près d'elle, il s'approcha encore, attiré. Elle rejeta en arrière tout son corps raidi, et il se trouva juste à point pour l'empêcher de tomber à la renverse. Il la soutint d'abord, puis il la prit dans ses bras et la porta sur le lit.

M^{me} Durand de Lectoure n'est pas ordinairement légère; mais, dans ces grandes crises nerveuses, il se produit une sorte de lévitation, et les forces du sénateur étaient décuplées. Durand eut juste assez de peine à la transporter pour que son action fût touchante. Clémence, attendrie de se sentir si faible entre les bras de son protecteur naturel, s'assouplit et s'abandonna; et ce geste fut vraiment celui de leur réconciliation.

Maintenant, elle reposait sur le lit de parade, tapissé d'un damas vieux rouge, surmonté d'un dais en forme de dôme et panaché de cinq bouquets de plumes blanches. Durand était assis dans la ruelle. Ils se regardaient, silencieusement. Durand était encore tout bouleversé et naïvement surpris de pouvoir l'être : cette femme, qu'il avait pensé perdre, était si peu sa femme ! Il venait pourtant d'éprouver, à cause d'elle, la plus poignante émotion. Il en était fier. Il avait aussi de l'humilité. Il ne se dissimulait aucunement que, si elle avait souhaité mourir, ce ne pouvait être pour lui. Voilà qui lui était bien égal, par exemple, puisque c'est lui, en fin de compte, qui s'était trouvé là pour la sauver et du même coup la ressaisir !

Il la regardait d'un œil vainqueur, mais plein d'indulgence et de bonté. Elle le regardait avec une reconnaissance passionnée. Et elle souriait avec malice, parce que le miracle inespéré de leur réconciliation s'était accompli si aisément, et à la fois par un concours de circonstances si ingénieusement ménagé, qu'elle ne pouvait se défendre de sourire quand elle y pensait. Comme ils se félicitaient de n'avoir pas la force de parler ! Ils s'entendaient si bien ! Et puis, ils pouvaient tout se dire, du moment qu'ils ne le traduisaient pas en paroles. Jamais ils n'auraient osé définir par des mots toutes les choses secrètes qu'ils se communiquaient autrement.

Hélas ! Clémence fut soudain reprise d'un accès de loquacité. Il lui fallut absolument raconter ses malheurs de vive voix. Elle le fit avec la volubilité de l'ivresse, mais avec une ordonnance parfaite, grâce à cette lucidité que le poison lui procurait. Elle le fit un peu longuement : non qu'elle se répétât ; mais elle n'omettait aucun détail, et elle en apercevait d'infiniment petits. Son expression n'était pas moins sûre ni moins nette que sa pensée. Cette femme, presque délirante et emportée par un irrésistible besoin d'aveu, conservait une si admirable présence d'esprit et demeurait si bien maîtresse de ses discours, qu'elle ne lâcha pas un seul mot dont un mari pût prendre ombrage. Il est vrai que son insensibilité manifeste, due à l'action de la drogue, retirait à ses propos tout accent, toute apparence alarmante de réalité. Jamais on n'eût dit qu'elle contait sa propre histoire : elle témoignait, consciencieusement mais avec indifférence, et il lui arriva de parler d'elle-même à la troisième personne.

Durand de Lectoure eut une sueur froide, quand elle entama sa complainte et qu'il vit l'impossibilité de la réduire au silence. Il tremblait qu'elle ne lui révélât ce qu'il savait bien, mais qu'il ne pouvait pas entendre de cette bouche. L'étrange froideur de Clémence peu à peu le gagna, et la scrupuleuse propriété du langage dont elle usait lui inspira confiance. Il éprouva cette sécurité que l'on goûte quand on lit un écrivain qui n'emploie jamais de termes douteux, quand on écoute un chanteur dont la voix ne défaut jamais.

Il suivait le récit douloureux avec moins d'intérêt que de curiosité ; il admirait ce talent de virtuose, et ce tact de la femme du monde, qui survivait la ruine de l'amoureuse et de la femme. Il savait gré à l'infidèle épouse qui, sans rien lui cacher d'essentiel, évitait de froisser sa délicatesse de mari et ne décourageait point sa bonté. Cette bonté, dont il sentait son cœur, naguère si sec, tout pénétré, lui était un grand sujet d'orgueil et d'attendrissement. Il en était lui-même touché aux larmes. Il la devinait sublime, et il ne craignait point qu'elle fût ridicule. Il avait bien raison : la bonté même de Sganarelle n'est jamais ridicule, n'en déplaise à l'esprit français — ou à la bêtise gauloise.

Il fit à sa femme un sacrifice qui ne fut pas le moins méritoire de tous ceux qu'il fit ce jour-là : il se dispensa de goguenarder, à propos des amours séniles d'Olivier Maudru. Il eut à son tour du tact. Il comprit que ce n'était pas le moment d'être drôle...

Une chose le préoccupait : le temps passait. Clémence parlait toujours, l'heure du dîner allait sonner bientôt. Mais la femme de chambre vint avertir Monsieur et Madame que les jeunes mariés, comme il fallait s'y attendre, désiraient de dîner seuls dans leur appartement. Monsieur répondit que justement Madame se trouvait un peu souffrante, qu'elle se mettrait au lit sans rien prendre, et que pendant ce temps-là il irait manger la moindre chose. Il se retira aussitôt, mais, au lieu de faire collation, il employa le temps à changer de costume. Il revêtit un pyjama. Il avait le secret désir de passer toute la nuit dans la chambre de Clémence, et il tremblait qu'elle ne le renvoyât. Mais, quand il rentra chez elle fagoté de la sorte, elle sourit, et il comprit qu'elle ne lui défendait pas de rester.

Alors il s'installa sur la chaise longue, d'où il pouvait fort bien voir Clémence, dans son lit ; et elle recommença de lui parler, il recommença de l'écouter patiemment.

Au bout d'une heure environ, elle se tut. Soudain, elle se sentit incapable d'articuler une syllabe. Mais elle ne cessait pas de regarder son mari, et il était bien heureux. Seulement, comme ils ne sont plus jeunes ni l'un ni l'autre, et qu'ils étaient recrus de fatigue, tout en se regardant ils s'endormirent. Ils avaient oublié d'éteindre les lampes électriques. Leurs souffles réguliers, en se répondant, semblaient poursuivre la conversation, qu'animait de temps à autre un soupçon de ronflement.

Ils furent réveillés en sursaut, à neuf heures, par l'invasion de M. et M<sup>me</sup> Gerbaud en tenue de voyage. Le sénateur, confus et rougissant comme un chérubin, s'empressa de dire à Louloute :

— Ta mère a été un peu souffrante : je l'ai veillée toute la nuit.

— J'espère que ce n'est pas mortel? dit aimablement Louloute. Comment te sens-tu?

— Mieux, merci, dit M<sup>me</sup> Durand de Lectoure. Mais vous partez?

— Je viens de recevoir une dépêche, dit Gerbaud avec importance. M. le Président de la République me confie la mission de former le nouveau cabinet.

— *Dieu soit loué!* s'écria M<sup>me</sup> Durand de Lectoure.

Cette façon de parler inquiéta le sénateur, mais plut à Louloute, et ne déplut point au nouveau président du conseil.

— J'imagine, reprit M<sup>me</sup> Durand de Lectoure, que vous allez enfin donner à la France un gouvernement qui la gouverne?

— C'est bien mon intention, dit Gerbaud, et j'ai dressé avec Louloute un projet de liste, où figurent tous ceux de mes collègues du Parlement qui ont le goût de l'autorité.

Mais il faut que je consulte qui de droit, et j'ai une autre liste toute prête, au cas que je sois encore obligé de constituer un cabinet radical-socialiste. Je garderais alors avec moi plusieurs membres du cabinet précédent; car, à quoi bon changer? Je ferais appel à Gerbier des Joncs...

— A Gerbier des Joncs! gémit M<sup>me</sup> Durand de Lectoure.

— Il est, hélas! indispensable, dit Gerbaud. Mais je n'en veux plus rue Saint-Dominique. Je vais lui coller les affaires étrangères.

— On rira, dit le sénateur.

— Pas plus, dit Louloute, que le jour qu'on lui a confié le commandement suprême de l'armée.

A ce moment, la femme de chambre frappa. Elle apportait une dépêche, encore une! Ce fut une émotion générale. La dépêche était pour Louloute, qui ne put s'empêcher de rire en la lisant. Elle se tourna vers son nouveau mari.

— C'est mon avocat qui me télégraphie, dit-elle. Il paraît que mon divorce a été prononcé hier, à peu près à l'heure où je vous épousais.

— Il était temps, dit Clémence.


**F I N**

# SELECT-COLLECTION

## LE VOLUME (contenant un roman complet) : **60 CENTIMES**

### *VOLUMES PARUS :*